佛緣
劉增新
著

引言

佛樂團在台灣演出期間，身患白血病的高雄女孩孟千玨，因一個偶然的機會，認識了佛樂團的成員敬弘法師並萌生愛意。隨後千里迢迢來到北京，想在生命的最後時刻再見敬弘法師一面，再聽他演奏一支曲子。

敬弘法師原名周凱，他有一個叫周克的同胞哥哥。周克供職於北京某管弦樂團，是個老實守舊、愛家愛老婆的傳統型男人。周克的妻子賈思甯是某中學的舞蹈老師，年輕漂亮，在家裏好吃懶做，四體不勤五穀不分，但是在工作中卻特別拼命。周克對妻子言聽計從忠貞不二。用賈思甯的妹妹賈思靜的話說：姐夫和姐姐兩個人的關係「好得跟鐵桶一般，針插不進水潑不入」。賈思靜公開宣稱周克是個「楷模姐夫」，並準備以姐夫為標竿尋找對象。

但是平靜中波瀾驟起。台灣女孩孟千玨到北京後，錯將周克當成了周凱，窮追不捨。周克不明就裏，開始時再三躲避。得知女孩身患絕症後，遂生憐愛之心，瞞著賈思甯照顧病中的千玨，結果被小姨子思靜跟蹤發現。千玨生日這天，周克忙著給她過生日，把老婆的生日給忘了，結果被小姨子當眾說破。老婆憤而出走；孟千玨為了不影響他的家庭，也離開了。周克陷入兩難境地。一邊忙著勸老婆回來，一邊又四處尋找千玨。後來，賈思甯得知了事情的真相，主動把千玨接到家裏，讓台灣女孩在生命的最後時刻享受到人間的溫暖。

敬弘法師在台灣演出期間，恰逢台灣花蓮一個少女捐獻骨髓，挽救了大陸一個青年患者的生命。敬弘法師由此萌生了捐獻骨髓的想法。佛樂團回北京後，敬弘法師到中華骨髓庫留下了自己的骨髓配型。沒想到在幾十萬例配型中，敬弘法師的骨髓配型與孟千玨的配型完全一致！在千玨命懸一線的最後時刻，台灣慈濟骨髓庫接到大陸骨髓庫的通知，找到了一例與孟千玨完全一致的骨髓配型。孟千玨的哥哥孟千雄得知這個消息後，立即與奶奶一起趕到北京。到北京後，兩岸親人為了尋找千玨和敬弘法師，又演繹出一連串感人肺腑的故事……

第一章

二〇〇四年二月中旬的一天下午，管弦樂團的周克在廚房裏做飯，他老婆賈思甯在客廳的沙發上看漫畫書。賈思甯正在看的漫畫書是姚非拉的《80度C——新角度愛情觀青年漫畫》，這本書是女兒和紘推薦給她的。賈思甯是一所中學的舞蹈老師，屬於那種越活越幼稚的女人，她現在的閱讀興趣與十一歲的女兒日趨一致。先是跟著女兒一塊看席娟的書，接著又和女兒一塊迷上了動漫。這件事弄得周克十分頭痛。周克給女兒規定，只准用她的零花錢買動漫書。女兒零花錢不夠時，就背著周克向當媽媽的要錢。結果母女兩個就經常在一塊鬼鬼祟祟商量買漫畫書的事。還時不時交流交流心得體會。搞得周克一點脾氣都沒有。

「我回來啦！」女兒和紘放學回來了。與往常一樣，進門先喊我回來啦。接著一邊換拖鞋一邊叫了聲媽。賈思甯應了一聲。和紘又問：「我爸呢？」賈思甯用下巴朝廚房那邊呶了一下。和紘見就媽媽一個在客廳，便走過來悄悄告訴媽媽：

「老媽，最近又出了本叫《純真年代》的新書，我看封面和內容提要挺有意思，妳想不想看？」

賈思甯說：「買回來看看吧。」

女兒便把手一伸，說：「MONEY！」

賈思甯問女兒：「唉，我上次給妳的五十塊錢就花完啦？」

女兒說：「老媽妳會算帳嗎？那五十塊錢除買書外，剩的錢買了兩張碟，我不是已經給妳報過帳了嗎？」

賈思甯只好又偷偷給了女兒三十塊錢。她們母女倆現在形成基本默契，由女兒提供動漫最新資訊並負責採購，由當母親的提供資金。條件是買回來的新書必須讓當母親的先看。和絃拿了錢，說我明天就給咱們買回來。說完跑到她那半間小屋放書包去了。賈思甯抱著書，先是靠著沙發看，看了一會覺得不舒服，改為半躺的姿勢；躺了會還覺得不舒服，乾脆扔掉拖鞋，伸展四肢趴在沙發上看起來。和絃放下書包後，又跑過來問她：「老媽，怎麼樣？」賈思甯說：「還行，挺有意思的。」女兒說：「妳可別給我把書弄髒了！也不准折書角！」按說父母是搞音樂和舞蹈的，女兒應該喜歡音樂和舞蹈才對。但是和絃從小就對這些不感興趣，就是喜歡動漫。買回來的動漫書都保存得十分完好，準備將來開漫巴呢！賈思甯說：「知道知道，妳別在這攪和了，快寫妳的作業去，小心妳爸一會又說妳。」

女兒把嘴一撇，說：「哼，我爸偏心！他就知道說我，怎麼從來不說妳？就像現在，妳好吃懶做地趴在這裏看書，他一個人叮叮咣咣在廚房忙活，他怎麼就不說妳？」

賈思甯就笑著罵了句：「這死丫頭！認真教訓起我來了，下回還想不想從我這要錢買書了？」

女兒做了個鬼臉，笑著跑回她那半間小屋去了。

周克在廚房裏忙活了一個小時，菜差不多準備齊了，想喘口氣，便拿著一頭蒜和一個空碗出了廚房。到客廳看見賈思甯像隻懶貓一樣趴在沙發上，便說：「哎，注意形象！」邊說邊順便在老婆屁股上拍了一巴掌。

賈思甯說：「什麼形象？這樣舒服！」

周克問：「看的什麼書？又是動漫？」

還沒等賈思甯回答，他就又提高聲音，衝著女兒那半間小屋說：「和紘，妳又勾引妳媽看什麼動漫書啦？」

和紘就在小屋喊：「老爸，搞清楚吔，是妳老婆要看，讓我去給她買的！」

賈思甯就笑。周克也笑，一邊硬掰著老婆的手看了下書的封面，一邊對賈思甯說：「哎老婆，咱好歹也是舞蹈學院畢業的大學生，年齡也三十有五啦，總不能像小學五年級的小女生一樣，成天抱著動漫傻樂啊？」

賈思甯說：「嗨，這你就不懂了，喜歡動漫的不僅有小學五年級的小女生，像我這樣媽媽級的女人，也大有人在呢！」說罷推著周克說：「行啦老公，我愛你！你辛苦啦！快去廚房繼續忙活去吧，回頭我獎勵你。」

這是賈思甯的慣用手段，偏偏周克就吃這一套。這沒辦法，賈思甯小周克五歲，結婚十來年，已經習慣了，現在想改也不容易。周克對妻子言聽計從忠貞不二。用賈思甯的妹妹賈思靜的話說：

姐夫和姐姐兩個人的關係「好得跟鐵桶一般，針插不進水潑不入」。賈思靜公開宣稱周克是個「楷模姐夫」，並準備以姐夫為標竿尋找對象。

周克把蒜頭放在茶几上，說：「也別讓我一個人辛苦，把蒜剝了。」賈思甯說行。但周克還沒進廚房，她就又衝著女兒那邊喊：

「和紘，妳爸讓妳剝蒜！」

女兒這會正鑽在床下邊整理她的漫畫書，聽到後很堅決地喊：「妳自己剝！」緊接著又追加了一句，「以後還想不想看漫畫書啦？」

賈思甯就又衝快進廚房的周克喊：「老公，你看你女兒又威脅我！」

周克扭過頭，笑著說：「我不管，妳活該！」

賈思甯不好繼續耍賴，只好放下書，爬起身開始剝蒜。

2

敬弘法師在街上走著。他背著一個黃布包，步履匆匆，好像急著趕去一個地方。現在北京的大街上，時不時會有身著僧袍的僧人走過，大家已經不像前些年那麼稀奇了。但敬弘法師還是十分引人注目。一般人的印象中，和尚都圓圓胖胖的——出家人嘛，六根清淨，心寬體胖。敬弘法師可不一樣。敬弘法師給人一種清俊飄逸的感覺。不時有女孩注目於他。過一個過街天橋時，迎面兩個女孩看見他，居然站住了。一直看著他從她們身邊走過後，兩個女孩才悄悄議論說：「肯定是個演員，妳忘啦，最近不是正在拍一部和尚題材的電視劇嗎？」

另外一個女孩說：「不可能！演員不拍戲時，幹嘛還穿著僧袍在街上逛呀？對啦我想起來啦，前兩天電視新聞裏說，佛教協會組織了個佛樂團，要去哪裡巡迴演出。他沒準是佛樂團的吧？」

「那倒有可能。反正我感覺他不是一般的和尚。」

敬弘法師的確是個不一般的和尚。十二年前，音樂學院一個年輕有為的副教授突然拋卻紅塵，出家當了和尚。並且從此音訊杳無。十二年後他回來了。如果不是佛教協會組織佛樂團赴台灣等地巡迴展演，他也許永遠不會再回到這裏，永遠不會與住在這座城市裏的哥哥再見一面。昨天下午他打通哥哥的電話時，哥哥居然一下就聽出了他的聲音。他本來想與哥哥在電話裏說幾句話，把帶給母親的一點東西留在居住的寺院裏，讓哥哥隨後去取就行了。但是哥哥執意要讓他到家裏來看看。沒辦法，他只好答應了。

但他忘了告訴哥哥一聲：不吃飯。佛門有佛門的清規，塵世有塵世的習俗，他出家太久了，忘了塵世這個習俗。

3

周克家裏，廚房。

周客依據塵世的習俗，並參照佛門的清規，準備的幾個菜全是素菜——不是一般意義上說的素菜，是供出家人吃的那種素齋。不僅菜裏沒有一滴葷腥，連菜板、菜刀、鍋鏟、鍋以及碗筷，全都是昨天從家樂福新買的。賈思甯剝好蒜，推開廚房門，把剝好的蒜遞給周克。廚房不大，兩個人在裏邊就轉不過身來了，賈思甯就站在廚房門口，問周克：

「哎，老公，我怎麼總覺得這事有點怪怪的。你說你，突然冒出一個當和尚的弟弟，而且是一母同胞的親弟弟，怎麼以前從來沒聽你說過？」

周克苦笑了一下，說：「妳覺得奇怪，我也覺得奇怪哩！差不多有十一二年了吧，我這個弟弟一直沒和我聯繫過，也沒和家裏聯繫。就像當初他突然出家遁入空門，把我和家裏人弄得雲裏霧裏一樣，這次我也弄不清他怎麼會突然出現，而且還要到家裏來。」

賈思甯問：「你弟弟當初為什麼出家呀？失戀？還是倒了別的什麼大楣？或者受了什麼特別大的刺激？」

周克說：「這妳可猜錯了。我這個叫周凱的弟弟雖然人長得與我很像，但音樂方面的天賦卻遠在我之上。我們倆是一前一後畢業的。先一年我畢業，畢業後進了管弦樂團；第二年周凱畢業，畢業後留校，二十七歲就當了副教授。他對中國音樂，尤其是對佛教音樂有極深的研究。出版過佛教音樂專著，先後到英國牛津大學、劍橋大學、德國海德堡大學、巴伐利亞音樂學院等著名院校講過學，紅極一時。」

賈思甯說：「是嗎？不過這恰恰證明我沒猜錯！你想，這麼紅這麼棒的一個男人，怎麼會突然出家當和尚呢？肯定是突然遇到什麼重大挫折，才看破紅塵出家的——而且我想，極有可能是失戀。你們男人都一樣，最經受不起的就是這方面的打擊！」

周克說：「妳這是女人之見俗人之見。當然，我也是俗人。當初我也這樣想過。不過最後沒找到支持這種想法的證據。倒是我母親當時挺想得開的，她聽說了二兒子出家的事之後，只說了一個字：緣。」

賈思甯說：「真看不出，你們家的事情還挺複雜的。你說，除這件事你瞞著我外，是不是還有別的事瞞著我？你是不是也有這種打算？我可警告你，第一，不准你有這種想法；第二，不准你再愛別的女人……」

周克趕緊打斷老婆，說：「嗨嗨嗨，妳怎麼說著說著就扯到這上頭了？煩不煩妳？」

賈思甯說：「不煩！你們男人不經常敲打敲打不行！就得這樣耳提面命，隔三差五警告警告才成。」

周克就無話可說了。這時候，女兒和絃跑過來，說：「老爸老爸，我這個當和尚的叔叔長什麼樣啊？一會他到了咱家，我怎麼叫他呀？叫他叔叔還是叫他『貧僧』？」

周克說：「妳們語文老師是怎麼教的？什麼『貧僧』？貧僧是和尚的自稱。妳應該叫——我也弄不清該叫什麼了。哎，這還真是個事，不只和紘叫什麼是個問題，我們倆怎麼稱呼也是個問題。」

賈思甯說：「和紘就叫他叔叔唄！我們倆更好辦，你是他哥我是他嫂，直呼其名叫他周凱就行，總不能叫他和尚或者師父吧？」

和紘還是接受不了，說：「我怎麼總覺得把一個和尚叫叔叔有點詭異。行吧，叫叔叔就叫叔叔吧！下回作文我可有的寫了——『一個當和尚的叔叔』，絕對獨一份！」

4

菜準備齊了，四個涼菜六個熱菜，基本上全是豆製品，外加一個青菜豆腐湯。還準備了一瓶紅葡萄酒。周克把涼菜先端上餐桌，熱菜等客人來了再炒。周凱電話裏說的是六點半前後到，快六點二十時，周凱沒到，賈思甯的妹妹賈思靜卻先到了。她按門鈴的時候，周克和賈思甯還以為是周凱到了，慌得趕緊開門並做好了迎客的表情。結果開門一看是小姨子，周克就說：

「哎，怎麼是妳？」

賈思靜說：「怎麼不能是我？」說完才叫了聲姐夫，又衝賈思甯喊了聲姐。賈思靜是那種張張揚揚的女孩子，今年剛二十三歲，在一家旅遊公司當導遊。隔三差五跑到姐姐家蹭飯，事前連個招呼也不打。在周克跟前也沒大沒小，隨便開玩笑不說，有時候，還敢給姐夫的手機上發個說黃不黃的小段子。比方有一回，她給周克的手機上發了個謎語：「一個裸體男人坐在一塊大石頭上——打一成語。提示：如果你惹我姐生氣的話……」周克看了一笑，猜著了，但沒給她回覆。賈思靜知道他不會回覆，這邊剛給他發完簡訊，那邊便給姐姐打電話，說我給姐夫發了個猜謎語的簡訊，你回去問他猜著沒有？賈思甯回來後就問周克：思靜給你發了個什麼謎語啊？叫我看看！周克心虛，已經把那條簡訊刪掉了。說：沒什麼，思靜瞎胡鬧。賈思甯說：什麼瞎胡鬧？你說了不算，我看看。周克只好說簡訊太滿，已經刪掉了。賈思甯倒沒往別的方面想，說：是你猜不著吧？周克就說：「什麼猜不著——以卵擊石。她一提示如果你惹我姐生氣的話……別人猜不著，我還能猜不著？」接著就把那個謎語給老婆講了。賈思甯聽了，就笑得格格的，說：「一點不錯。你要是敢惹我生氣的話，可不是以卵擊石是什麼？」

賈思靜到姐夫家就跟到了自己家一樣，換拖鞋進客廳，看見餐桌上的涼菜，上手就抓了一塊素雞腿往嘴裏塞。賈思甯在妹妹手背上拍了一巴掌，說：「哎，妳幾歲啦？這是一會待客人的！」

賈思靜說：「我就是客人呀！」說完又問，「怎麼一桌子全是豆製品，起碼得給我準備兩個豬蹄吧？」

周克就跟小姨子開玩笑說：「罪過罪過！佛門淨地，施主千萬別再提豬蹄二字。」一邊說還邊單手作了個揖。

賈思靜不明白是怎麼回事，笑著說：「姐夫，你什麼時候出家了？是不是給我姐氣的？」

賈思甯說：「妳姐夫倒沒出家，不過一會要來的客人是個出家人！」

「騙我吧？」賈思靜不信。

賈思甯說：「不信你問你姐夫，讓妳姐夫給妳說。」

周克就把周凱的事簡單說了說。賈思靜聽了就更不相信了，說：「不會吧？大天白日的，你們家怎麼會冒出個和尚親戚呀？那我得趕緊走啦，要不然一會見了面，我怎麼稱呼他呀？」

和絃跑過來說：「小姨，這個問題我們已經研究過了，一會我爸我媽叫他周凱，我叫他叔叔，妳願意跟他們喊他名字也行，願意跟我喊他叔叔也行！」

賈思靜就笑著推了和絃一把，說：「去！那不亂了輩啦！」說完幾個人全笑了。笑過之後，賈思靜還是有些不相信地又問了一遍，說：「真的啊？姐夫真有這麼一個弟弟呀？這太奇怪也太有意思了！一會兒我們這些俗人與一個出家人共進晚餐，怎麼用筷子怎麼張嘴呀？以前只是在電影電視裏見過和尚，現在冷不丁與一個和尚面對面，說什麼呀？再說，他會說什麼呀？也不知道和尚吃飯前唸什麼經不唸？吃飯的時候准不准說話？准不准笑——對啦，當和尚的會不會笑啊？是不是永遠都是雙手合十，閉著眼，嘴裏唸著『善哉善哉』呀？」賈思靜邊說邊做了個閉目合十的樣子。

賈思甯說：「行啦，妳就別想七想八了。一會兒人一來，不就什麼都明白了──思靜，我可警告你，一會把妳那嘴管嚴些，別像往常跟妳姐夫那樣，沒大沒小的亂開玩笑，免得亂了人家出家人的心性和清規。」

幾個人正說著，電話響了。是門口傳達室打來的。原來周凱到了大院門口，傳達室的老張一看是個和尚，以為是到院裏化緣來了，不讓進。細問之後，才半信半疑地給周克打了電話，讓他去門口接人。

5

傳達室門口站了一堆人在看熱鬧。這沒辦法，俗人進了和尚廟，和尚不會圍著看熱鬧，但一個和尚進了俗人的院子，俗人非圍著看不可──要不怎麼是俗人呢！和尚周凱倒沒怎麼不好意思，他可能已經習慣了。臉上是那種不笑也不惱的表情。周克趕緊走過去，兄弟倆十二年沒見面了，如果都是俗人，恐怕免不了要擁抱一下，感嘆一番。但現在僧俗相隔，周克也不知道該怎麼辦了，只好叫了聲周凱。倒是周凱入鄉隨俗，叫了周克一聲：「哥！」這聲哥叫得周克心頭一熱，眼淚差點沒掉出來。旁邊看熱鬧的幾個女人，便小聲嘀咕著說：「還真是兄弟倆吔！長得挺像的。」其中一個女的認識周克，悄悄扯了扯他的衣服，問：「真是你弟弟呀？」周克笑笑，說：「哪還有假！」說完趕緊領著弟弟往家裏走。

周克領著和尚弟弟一進屋門，賈思甯姐妹倆全都吃了一驚：周凱雖然長得與周克很像，但眉宇間比哥哥多了幾分清俊，確實給人一種超凡脫俗的感覺。剛才賈思甯還擔心妹妹會亂了人家出家人的心性呢，現在人家出家人的心性倒是紋絲不亂，她們姐妹倆心裏卻有點慌亂了。尤其是妹妹思靜，平常跟周克嘻嘻哈哈，什麼玩笑都敢開，現在見了周凱，連臉上的表情都有點僵了。眼前這個和尚與她心目中想像的和尚完全是兩回事。和尚周凱沒有閉目合十，沒有張口閉口善哉善哉，而是像常人一樣，進屋先衝著賈思甯叫了聲：「嫂子妳好。」賈思甯也忘了剛才說的直呼其名了，趕緊還了句：「你好！」和紘還行，按預訂的方案過來喊了句：「叔叔好！」周凱笑著回了句：「侄女好！」隨後又主動對賈思靜說了句：「妳好！」賈思靜這才慌裏慌張還了句：「你好！」整個見面過程五講四美文明禮貌，團結緊張嚴肅活潑。雖然看上去多多少少有些彆扭，但「僧俗」雙方都很高興，周克心裏也非常滿意。

但有一點很讓他失望：弟弟說他已經用過齋了。周克這才想起，好像佛門有規定，不能私自在外邊吃飯的。

沒辦法，這項議程只好取消。

周凱很抱歉地說：「對不起。你們用飯吧。我可以看會電視。」

周克說：「沒關係，我們晚飯可以推遲一會。」

賈思甯也說：「不要緊，我們都不餓。有時晚飯根本不吃。」說完又問女兒和思靜，「妳們倆要是餓了，先到廚房湊和吃點。讓他們兄弟倆說會話。十來年沒見面了，應該好好說說話。」

賈思靜趕緊說：「姐，看妳說的，好像我是餓著肚子蹭飯來了？一塊吧，一塊說說話。」賈思靜這會有點緩過勁來了，臉上的表情也不像剛才那麼僵了。

和絃也說：「妳們都不餓，那我也就不餓了。我也想聽爸爸和叔叔說話，要不然我將來的作文怎麼寫啊？」說得幾個人全都笑了。

接下來幾個人就坐在沙發上交談起來。周凱自然是中心。幾個人的目光全都集中在他身上。賈思甯最想問的問題自然是他當初為什麼出家，但是又不好意思張口。周克十來年沒見弟弟，很想問問他這多年的情況，但也不知從何問起。周凱好像很能理解這點，主動說：「哥哥嫂子，你們大概有很多問題想問，有很多話想說。這些問題歸納起來，我想就是一句話：這些年你到哪裡去了？過得如何？我的答案很簡單：這些年我出家了，過得不錯。所以這個問題咱們就算談過了。還有第二個問題：你到哪裡去？這個問題我倒想說說……」原來兩岸佛教協會新近組織北京佛樂團，準備赴香港、台灣和美國等地演出，周凱是樂團的主要成員，將於明天隨團離京。他其實已經來京好幾天了，因為排練特別緊張，所以拖到今天才來看他們。

「這麼說，這些年你一直沒有離開音樂？沒有停止對中國佛教音樂的演習和研究？」周克聽後問弟弟。

周凱說：「好像不能這樣說。不能說研究。我只是隨心而為，隨意而演，並沒有什麼目的。」

賈思甯問：「你們平時都吃什麼呀？是不是一點帶葷腥的東西都不准沾？我看有部電視裏不是說：酒肉穿腸過，佛祖心中留嘛？」

周凱就笑了，說：「那是電視裏。實際上不僅酒肉不能沾，以前連雞蛋都不准吃。現在為了保證僧人的營養，可以吃雞蛋了。另外還允許每天喝一袋牛奶。」

賈思靜就很吃驚地說：「是嗎？那可真夠清苦的。」

和絃問：「叔叔，你在樂團演奏什麼樂器呀？」

周凱說：「笛子，管子，笙，二胡，什麼都演。但主要是管子，雙管和單管。」

和絃問：「什麼是管子呀？我怎麼沒聽過這種樂器？」

賈思甯攔住女兒，說：「去，別搗亂！妳爸以前就是吹管子的，回頭讓妳爸告訴妳。」賈思甯說的是事實，周克到管弦樂團後，最初也是演奏管子，後來賈思甯嫌他吹管子顯得土，與她演奏鋼琴不協調，就改吹西洋黑管和薩克斯風了。

和絃反擊媽媽說：「我怎麼是搗亂呀——叔叔，我不是搗亂吧？你帶管子了嗎？能不能即興給我們演奏一曲？」

周克和賈思甯正要攔女兒，沒想到周凱已經答應了。他打開隨身帶的布包，先從裏邊拿出兩包東西交給賈思甯，說：「出家人，沒別的東西好帶，這是兩包中藥，是我自己從山上採的。一包給嫂子，另一包讓我哥寄給母親。」賈思甯沒想到這個和尚弟弟上門還會像俗人一樣帶禮物，慌忙接了，同時心裏又在緊急考慮該給弟弟回什麼禮物才好。這時周凱已經從包裏拿出演奏用的管子，試了一下音，然後說：「哥，你點個曲目吧！」周凱在演奏前，將手裏的一串佛珠放在旁邊。那是一串瑪瑙佛珠，清一色的黑色中，夾著一顆碧綠的貓眼石。和絃好奇，在旁邊拿起那串佛珠，說：「叔叔這串手鏈好漂亮吔！」賈思甯趕緊從女兒手中把佛珠奪下來，說：「別亂動叔叔的東西！」

6

「江河水」。周凱用管子吹奏了一曲「江河水」。

不是站著，也不是坐著，和尚周凱是盤腿打坐著吹這首曲子的。那真是天籟之音。音樂與人在那一刻合二而一。江河在奔流，聲音在奔流，情感在奔流。在座的都是親人。有懂音樂的，有不懂音樂的。懂音樂的周克聽得熱淚長流，一貫有點看不起民樂的賈思甯眼睛也濕了。不懂音樂的賈思靜也聽得心馳神往，一臉對音樂和演奏者的肅然起敬；一直不喜歡音樂的和絃，也給這個場面和聲音震懾住了，表現出少有的專注。曲子演奏完了，大家還都愣著，就像是劇場裏出現的靜場。一兩分鐘後，周克才第一個反應過來。他沒有鼓掌，他擦了擦眼睛，什麼也沒有說，過去擁抱了弟弟一下；賈思甯也擦了擦眼睛，說：「這是我第一次聽到的，真正的中國民樂！周克，對不起，我看你還是回頭把你的民樂再揀起來吧！」賈思靜說：「我不懂音樂，可我覺得我不只是在聽，我覺得全身都感到一種湧動，是什麼，我說不清。」和紘則拍著手說：「太棒啦！太酷啦！叔叔，你簡直是世界第一棒和第一酷！」

7

送和尚弟弟周凱走後，周克才忙著進廚房炒了兩個熱菜，一家人和小姨子思靜，開始吃晚飯。

賈思靜有一筷子沒一筷子地夾著菜，她沒胃口，還在想剛才的事。

賈思甯邊吃邊開妹妹玩笑說：「怎麼啦思靜，是給一曲『江河水』迷住啦，還是給吹『江河水』的人迷住啦？」

「有一點。可惜他出家了。這個世界上的好男人本來就少，現在又減了一個。」賈思靜說，一點也沒有不好意思。

和絃說：「叔叔真是的，幹嘛要當和尚呀？他要不當和尚，把小姨嫁給他，這樣我爸兄弟倆娶妳們姐妹倆，那多有戲劇性！那樣我不懂作文有的寫，沒準都能寫小說和電視劇了呢！」

賈思甯說：「去，多大個人，就這麼敢想敢說！」

周克說：「行啦行啦，再別拿我弟開玩笑啦！思靜，妳怎麼樣？最近有進展嗎？」賈思靜人長得漂亮，再加上心高氣傲，一直還沒有男朋友。周克時常半真半假關心一下小姨子這方面的進展情況。

賈思靜裝糊塗，說：「什麼怎麼樣？什麼有沒有進展？姐，我姐夫這話是什麼意思？我不懂。」

賈思甯就笑，說：「妳不懂我就更不懂啦！妳問和絃，看她懂不懂？」

和絃就說：「我懂我懂。我爸的意思，就是問小姨最近工作進展得順利不順利？是不是又給旅遊公司拉到了大客戶——老爸，我沒有說錯吧？」

周克就笑，說：「對對，老爸就是這個意思。不過這個客戶可不是一般的客戶，是永久性的。」

賈思靜就裝不下去了，說：「好啊，你們全家合夥欺負我一個人！罰酒！」邊說邊端起酒杯，扯著周克的胳膊，硬給當姐夫的灌了一杯。

一家人說著笑著，吃完飯，賈思靜要走，當姐姐的攔住她，說：「先別走，我看看咱們這位和尚弟弟帶的是什麼藥材。好的話，給咱爸媽帶回去一些。」

賈思甯說著，打開周凱剛才留下的東西。到底是出家人，東西沒用塑膠袋裝，外邊是一層黃布，裏邊是幾層麻紙。打開最後一層麻紙，裏邊是四樣中藥。賈思甯只認出有一樣是人參，其他三樣不認識。周克也過來看，他認出另外兩樣，一樣是天麻，一樣是三七。還有一樣怎麼也認不出來——那是一枝成型的何首烏，雖然不像人參那般名貴，但像這麼大的也很難尋得。賈思甯還要打開另外一包也看看，周克說妳幹嘛呀，這是周凱給我媽的。賈思甯說看看還不行嗎？打開！周克只好也讓她打開了。和這包一樣，也是一層黃布幾層麻紙，裏邊也是兩苗人參，一枝何首烏和幾塊天麻、三七。賈思甯看完了，說：「這樣吧，那包就不動了，你寄回去孝敬你媽吧。這包一分為二，把三七和這個叫不出名的東西留下，人參和天麻都讓思靜帶給我媽吧。」周克說：「人參妳不留一根？」賈思甯說：「人參現在到處都有，也值不了幾個錢。」周克說：「妳傻不傻妳？妳以為這是人工養殖參呀？這肯定是野山參！我估計這根人參在藥店的售價，下不了五六千——沒準得上萬塊錢呢！」賈思甯吃驚地張大嘴，說：「是嗎？有那麼值錢？那行啦，誰都不給啦。兩根我全留下——把給你媽的也留下！這樣以後你再偷著給你媽寄錢我就不管啦！」周克就直後悔自己多嘴，說：「行啦行啦，是不是野山參還不一定呢。還是按妳剛才的方案，妳留上一根，別的讓思靜給爸媽帶去吧。」

賈思靜說：「那我呢？鬧半天沒我的份呀？姐夫，就算我是個跑腿的，你也得多少給我表示一點吧？」說完就笑，又補充說，「我才不稀罕什麼野參家參呢！下回我再來，姐夫多給我做點好吃的就行了。」

晚上，上床之後，賈思甯忽然問周克：「哎，你弟弟那串佛珠中，好像夾著一顆貓眼石呢！」

周克說：「沒錯。那串佛珠是周凱小時候『抓周』時抓的，沒想到他一直帶在身邊。」

賈思甯問：「什麼叫『抓周』？」

周克說：「這是我們當地的一個習俗。孩子滿周歲時，在炕上擺幾樣東西，無非是筆、本子、錢幣、印章等等，讓孩子自己抓。意思是測驗一下孩子的志向和將來的命運。抓著筆將來能做學問，抓著錢幣將來就能掙錢。那串佛珠也不知道是我父親在世時從哪裡帶回來的，當時覺得好玩，就也擺到炕上了。沒想到周凱一把就抓住不放。結果後來還真的出了家。」

賈思甯說：「是嗎？哪你當時抓周時抓了個什麼？」

周克說：「我抓了個妳！」說著兩個人都笑了。

8

第二天，首都機場。周克全家給弟弟敬弘法師送行。思靜也趕來了，穿著件紫紅色的緊身皮衣，看上去很漂亮，也有幾分扎眼。

沒想到即將離京的佛教樂團有這麼多人：五六十個和尚，再加上隨行的工作人員，民航的大班車兩輛還沒乘下。這大概是首都機場有史以來接待的最大的一批「稀客」。用時下最時髦的一句話來說，成了一道亮麗的風景。正在辦理登機手續的乘客都往這邊看。前來送行的人很少，這樣賈思甯賈思靜姐妹就顯得十分搶眼──你想想，一群和尚中突然出現幾個花枝招展的女人，能不搶眼嗎？和紘雖然不到十二歲，但身高已經快一米四了，也是玉樹臨風，給人一種「周家有女初長成」的感覺。更巧的是，周克居然遇上一個熟人：音樂研究所的侯教授，他是這個佛教樂團的藝術總監。侯教授這人很隨和，也很愛開玩笑，一聽說敬弘法師是周克的弟弟，便過來了，說：

「我還納悶呢，我們這清一色的出家人隊伍中，怎麼突然冒出三個美女，這不是給我增加工作難度嗎？」說完與三個美女一一握手，嘴裏連著說了三句：「妳好妳好！」最後才與周克握手。

周克說：「侯教授，你怎麼也混到人家出家人的隊伍裏了？」

侯教授說：「這話說的──我可不是混入的，我是樂團正經八輩的藝術總監。」

周克說：「是你們音樂研究所組織的？」

侯教授說：「我們哪有這麼大的能耐！是兩岸佛教協會共同組織的，屬於民間性質的演出，但經過有關方面的批准。要不然哪兒行？這麼多和尚一塊出去，又不是一般的旅遊團。」

周克說：「都準備去哪幾個地方呀？」

侯教授說：「我們先飛廈門，在那裏排練後，去台灣演出半個多月。再去澳門、香港演出。隨後再出國去美國、加拿大演出。前後一個半月時間吧。」

敬弘法師這會顯得有些不好意思。畢竟是當著這麼多「同事」的面，與塵世的幾個紅男綠女牽扯扯。多虧侯教授攪和，場面才沒有過分尷尬。不一會，登機手續辦好了，周克與侯教授說回頭見，又與弟弟說再見。賈思甯姐妹和和紘也揮手與周凱說再見。一直到樂團的和尚們全部進了安檢大廳，周克他們才離開機場。

回來的路上，周克感慨地說：「自古以來，和尚都是靠兩隻腳雲遊四方，現在倒好，坐飛機雲遊世界。社會的發展進步，由此可見一斑了。」

賈思甯說：「聽這口氣，你是不是有點羨慕你這當和尚的弟弟呀？」

周克趕緊說：「我一個俗人，家有美妻嬌女，外加這麼漂亮的一個小姨子，怎麼會見異思遷，羨慕佛門的清靜日子呢！」

賈思靜忽發奇想，說：「哎，你們說，萬一塵世有個女孩愛上周凱，那他該怎麼辦呀？」

賈思甯點了妹妹一指頭，說：「那個萬一出現的女孩是誰？該不會是妳吧？」說得幾個人全笑了。

第二章

1

台灣高雄，飛渡旅行社。

這是一家中型的旅行社。前些年主要經營歐洲旅遊。近兩年轉向港澳和大陸，正處在上升階段。旅行社有一座不大的五層樓。一二層是幾個業務部門。總經理辦公室設在頂層。此刻，旅行社社長兼總經理孟千雄，正在與仁琪醫院的醫生周立安，商量妹妹孟千玨的病情。周立安畢業於美國內華達州醫科大學，醫德醫術在全台灣都頗有名氣。他初中時是孟千雄的同學，兩個人私交甚好。所以談話也比較隨便。

一年前，孟千雄十六歲的妹妹孟千玨被發現患上粒單細胞型白血病。這是一種由粒細胞與單細胞混合的白血病，是白血病裏極難治癒的一種。這種病最有效的治療方法就是骨髓移植。但是幾年來尋遍世界各地的骨髓庫，都沒有找到適合配型的骨髓。只好採用常用的化療方法。半年裏，經過第一階段大劑量的藥物「誘導緩解」治療，病情剛剛有所好轉，卻出現一個意外的情況：病人體內的白血病細胞部分耐藥，兩個月後，由部分耐藥轉為全部耐藥。化療後骨髓增生抑制但白血病細胞並不減少，也就是說，化療已經完全不起作用了！沒辦法，只好停止化療。化療停止後最初兩三個月，孟千玨的身體卻莫明其妙地出現某種好轉跡象：化療期間掉了的頭髮重新長了出來；臉色和精神也比化療期間好多了。孟千雄以為是什麼奇蹟在妹妹身上出現了，但是周立安卻搖搖頭，說但願是個奇蹟吧。果不然，最近一兩個月，孟千玨的病情出現過幾次反覆，時好時壞，周立安今天登門，就是和孟千雄商量該怎麼辦。

「就是說，你認為千玨前一陣的好轉只是個假象，並不是誕生了奇蹟？」孟千雄聽周立安說完後，問他。他沒有看周立安，眼睛望著窗外的天空，天空除過幾絲白雲，別的什麼都沒有。他的聲音有些顫抖，眼睛裏汪著淚水。

「老同學，我說過，奇蹟不會那麼容易誕生的。」周立安說，他取下眼鏡擦了下眼睛。他也很難過。孟千玨是個非常可愛的女孩子，他很想治好她。

「其他治療方法呢？不是還有基因療法嗎？」孟千雄扭回頭，問。

周立安說：「基因療法目前停留在研究階段，尚未用於臨床。現在唯一的希望就是骨髓移植，我們已經對台灣慈濟骨髓庫、美國骨髓庫和歐洲骨髓庫做過持續尋找，始終沒找到與小姐適合配型的骨髓。」

孟千雄問：「大陸呢？大陸十幾億人，適合配型的機率應該更高才對？」

周立安說：「大陸人口是不少，但大陸的骨髓庫尚處在初建階段，目前登記在冊的造血幹細胞捐獻者的資料僅十八萬例，而美國是四百五十萬例，歐洲是三百七十萬例。不過，大陸有關方面正在努力。中華骨髓庫正在擴容。我們也一直與他們保持著聯繫。」

「你的意思是說，現在只能等待？等待那個適配的骨髓。可是那個骨髓在哪裡？那個人在哪裡？甚至說世界上究竟有沒有那個人，你都不知道！」孟千雄說。說完他擦了下眼睛，對老同學說了聲，「對不起。你知道的，千玨是個多麼好的女孩。要是她有個三長兩短，我受不了，她奶奶更受不了。」

周立安說：「老同學，這我明白。其實等待有時候也是一種辦法。而且我說的等待並不是消極等待。我現在有兩個想法，一個想法，最近大陸一家中醫院，研究出一套中西醫結合的『細胞逆轉法』治療白血病的新方法，通過祛瘀、清血、扶正、解毒一系列藥物組合，來有效地控制白血病細胞的增長，我們已經從網路上與這家醫院取得了聯繫，正在商討具體的施診方案。」

孟千雄看見了新的希望，問：「有效嗎？是大陸哪家中醫院？有沒有必要，直接去那裏治療？」

周立安說：「我們正在嘗試。究竟有多大效果，很難說。但從病例看，至少對緩解患者的病情有作用。至於去大陸治療，恐怕就不那麼簡單了。你想想兩岸現在這種關係，又沒有三通。談何容易？」

孟千雄也只好嘆了口氣，說：「是啊，也不知道當局是怎麼想的。好啦，咱們不說這些。你不是還有個想法嗎？」

周立安猶豫了一下，說：「老同學。我知道你愛你妹妹，知道你多麼想把她的病治好。做為醫生，我何嘗不這樣想？你愛她，我也像愛自己的親妹妹一樣疼愛她。你曾要求捐獻自己的骨髓為妹妹治病，因為從相合機率上講，同胞兄妹的HLA相合機率為25%，無奈經檢測後，仍不相合。可是你不知道，我和醫院的不少員工，也都做了HLA檢測，希望能碰巧遇到適合的配型。但是都不行。所以後來經過比照分析，我們發現小姐這種病的HLA相合機率為幾十萬分之一。這就只有靠緣分了。所以在目前情況下，我們一方面要繼續尋找適配的骨髓，盡量用中西藥穩定千玨的病情。另外一個重要方面，老同學，我說出來你不要怪我。做為醫生，我不得不考慮事情的最壞結局：按照一般情況，千玨恐怕還能拖半年時間，這一年來，她一直在治病，一直在經受病魔的折磨。我想在以後幾個月裏，應該讓小姐生活得快樂一些……」周立安說不下去了，再次取下眼鏡擦著。

孟千雄落淚了，打斷他，說：「立安，你別說這些了。我不怪你。我知道你盡了力。可是這些話，我怎麼給千玨的奶奶說呀！」

2

高雄市郊，一座依山而築的小型別墅裏。

孟千玨的奶奶和護工張媽在家裏。孟千玨的奶奶是五十多年前跟她的爺爺到台灣的。往事如煙，當年那個年輕女人，如今已經年屆八旬。孟千玨的父親孟啟龍是他們到台灣的第二年生的，次年丈夫病故，是奶奶一手把孟千玨的父親拉扯成人。母子倆最初住在台南，後來才搬到這裏。最初這裏只是幾間平房，孟千玨的母親就是在這裏生孟千玨的。孟千玨三歲那年，父母親不幸在一場可怕的車禍中同時亡故。此後奶奶帶著千雄千玨姐弟兩個，一直就住在這裏。後來隨著千雄的事業慢慢有了起色，他們才把原來的幾間平房擴建成現在這座小別墅。孟千玨停止化療後，也住在這裏。

此刻，千玨的奶奶正在佛堂禮佛。台灣幾乎家家戶戶都有佛堂，大多數人家的佛堂供奉的都是媽祖娘娘，孟千玨奶奶在佛堂供奉的是觀音菩薩。這是她在大陸時的習慣。風風雨雨五十多年了，老太太的這個信仰一直沒變。時值早春，老太太著一身黑色的中式錦緞棉衣，長跪在佛龕前邊。雙目微閉，手裏數著念珠，正在默默地為孫女祈禱。也許是心靈感應，老太太在千雄回來之前，心中已經有了些不祥之感。

孟千雄是午後到的。他來後先去看妹妹，妹妹不在。張媽告訴他小姐去孤兒院了。他這才想起今天是週六，是千玨去老人院和孤兒院做義工的日子。

3

整個上午，孟千玨都在天賜老人院做義工。

孟千玨是個天性活潑善良的女孩，從小就喜歡跟著奶奶和父親做善事。從上初中開始，每個週六都要到老人院和孤兒院當一天義工。患病後最初因化療體質太弱，中斷了，後來病情稍一穩定，她就又急著去了。主治醫生周立安怕她外出容易感染，曾想限制她外出。但是她對周醫生說：「不會的啦！是我有病，又不是孤兒院的小朋友有病。人家怎麼會感染我呢？再說啦，這種病又不傳染！」周立安只好答應了。孟千玨患病後，最初曾有過一段絕望的日子，甚至曾拒絕化療。但挺過那段日子後，她又恢復了原來的活潑天性。停止化療後，她原來的一頭秀髮又重新生長出來，她也以為自己身上出現了奇蹟，心裏雖然不是很踏實，但表面看上去無憂無慮，一點也不像個身患絕症的女孩子。

這天上午，她在老人院幫幾位老人洗澡、梳頭，又陪著他們聊了會天，快到吃午飯時才離開那裏。

離開老人院後，孟千玨在大街上走著。她戴著一頂男孩常戴的那種長簷帽子，看上去像個男孩。這一年來，因為治病，除週六這個做義工的日子，她與外界社會幾乎沒有接觸。也很少像今天這樣一個人在大街上「逛」。本來今天護理她的那個張媽要陪她來，但是她說服她沒讓她來，最終自己一個人跑出來了。一個人走在街上的感覺真好，沒有化療的感覺真好。她還不很清楚停止化療對她意味著什麼，但是她能感到停止化療後，全身突然有一種「減輕」的感覺。周醫生對她說，她的病情已經基本穩定，沒有必要繼續化療了。這當然很好，而且是太好啦！雖然她心裏也隱隱有點不踏實，但畢竟是個好消息啊！整整一年啦，從十六歲到現在，她已經十七歲了吔！失去的東西真是太多太多啦！不過沒關係啦，十七歲，一切都還來得及！

下午她要去仁和孤兒院。她現在正在向那裏進發。不過在到孤兒院前，她必須找個地方解決自己的午餐問題。她很想吃一碗鱔魚麵。她已經很多年沒吃鱔魚麵了。生病之後，她的飲食都是經過醫生嚴格調配的。今天她可以自己作主，想吃什麼就吃什麼。街上到處都是小吃店，她看中街角處的一家小店。正準備進去時，她看見了那個流浪男孩。

孟千玨走過去，才發現是一個十一二歲的盲童，正坐在街角的路邊拉二胡。小盲童坐在一個不高的小馬紮凳上，腿上綁著一個自製的發音「裝置」，腳上套著一節細繩，繩子的另一頭連在那個發音「裝置」上。這樣，他一邊拉二胡，一邊用腳扯著細繩伴奏。小盲童穿著一件深藍色的棉布衣服，腳上是一雙很新的棉膠鞋。他前邊放著一個小搪瓷缸，每當感到有人往小瓷缸裏扔錢時，他都會說一聲「謝謝」，然後摸索著，把人們扔到裏邊的大票揀出來，裝到一個有拉鏈的帆布挎包裏。小盲童的臉上是一種歡樂的表情，似乎在微笑。他的嘴唇一直隨著音樂在動，好像是在唸他拉的曲子。又像是隨著樂曲在遐想什麼。孟千玨聽不懂那是一首什麼曲子，但是覺得很好聽。

孟千玨忽然覺得心中一陣感動，她走到小盲童跟前。她沒有往他的搪瓷缸裏扔錢，她蹲下身子平視著他。小盲童感到她沒扔錢，但是他笑了一下，問她：「請問，現在幾點啦？」

「快十二點啦。」她告訴他，然後問，「你拉的這是什麼曲子？」

「江河水。」他告訴她。

「江河水？」她重複了一遍。很早以前的音樂課裏好像提到過這首民樂曲。但是她從來沒有聽過。

「你餓了吧？我帶你一塊去吃東西可以嗎？」她問他。

他又笑了一下，說：「不可以的。我可以自己去吃的。」

她說：「沒關係啦，我也正好餓啦。你想吃什麼？」

小盲童又笑了一下，猶豫著說：「鱔魚麵。」

她很高興，說：「那太好啦，我也正想吃鱔魚麵呢！走吧。我姓孟，你叫我孟姐姐好啦！你叫什麼？」

小盲童說：「我沒有名字，你叫我明明就行。」小盲童說著，收好二胡，從腿上解下那個伴奏裝置，塞到挎包裏。然後把馬紮凳合起來，拎在手裏。說：「走吧，孟姐姐。」小盲童的二胡上有一個鐵絲彎成的小掛勾，可以掛在挎包的帶子上，這樣他就可以騰出一隻手拿探路的木棍了。

孟千玨要牽他的手，小盲童說：「姐姐，妳不用牽著我，我會跟上妳的。」

4

孟千玨帶著盲童到了旁邊那家小店。她要了兩碗鱔魚麵，一碗大碗的，一碗小碗的。她把大碗那份給了盲童，自己吃那份小碗的。

「真香！謝謝妳，姐姐。」盲童一邊吃，一邊感激地說。他說話的時候「看著」她，臉上是一種天真而滿足的笑容。

「沒關係啦！如果你覺得好吃，姐姐可以經常帶你來吃。」她說。接著又問他，「你家在哪裡？」

小盲童說：「台南。」

「是嗎？那我們是老鄉啦！我老家也是台南。」孟千玨高興地說。又問，「那你家裏還有什麼人？爸爸媽媽呢？」

「爸爸媽媽都沒有啦。要不然我怎麼會一個人跑到這裏來呢？」小盲童說。

「那你是孤兒啦？你是孤兒，為什麼不進孤兒院呢？」

「我自己可以養活自己啦，為什麼要進孤兒院呢？再說啦，我是個小瞎子，什麼都看不見，去了只會給人家添麻煩，人家也不會要我呀！」

孟千玨說：「會要的啦，肯定會要的啦！我可以帶你去，我認識那裏的老師。」仁和孤兒院是台灣慈濟功德會出資興辦的，孟千玨知道那裏肯定可以收留他。

「我不去，聽說孤兒院的老師都很厲害的。」小盲童說。

「不是的啦！這所孤兒院的老師都很和藹的。她們肯定會喜歡你的。而且，那裏還有很多小朋友，你可以給他們演奏二胡，他們也會喜歡的！」

「晚上我可以住在那裏嗎？」小盲童忽然問。這似乎是他最關心的問題。

「可以呀！吃飯住宿他們都管。當然啦，不可能經常吃鱔魚麵。」孟千玨說。

小盲童就說：「那我可以試試。」

小姐弟倆說著話，麵也吃完了。孟千玨問小盲童夠不夠吃？不夠的話可以再要一碗。小盲童笑著說：「很飽的啦！姐姐給我要的是大碗，再吃該撐了。」孟千玨付過帳後，和小盲童一塊出了小吃店。她要替他背包，小盲童說不要啦，同時做了個很誇張的保護自己挎包的動作，笑著說：「這裏邊全是我的寶貝，別人不許碰的。」孟千玨想起剛才他從搪瓷缸裏揀出大票往包裏塞的情形，笑了下，沒有再問。她本來想拉著他的手或者他手裏的棍子，但是小盲童說不用。他也沒用棍子在地上點著探路，就那樣一直跟著她走。她有些奇怪，問他怎麼會這樣一步不拉地跟著她？小盲童笑著說：「我用鼻子聞呀，姐姐身上有一股很好聞的氣味，我聞著這股香味就不會跟丟呀！」

半小時後，小姐弟倆來到仁和孤兒院。

5

仁和孤兒院規模不是很大，總計收留了三十幾個孤兒。老師和管理人員共五個人，院長與廚師是當地人，三名女老師都是外籍志願者，其中兩位是法國人，一位是紐西蘭人。

孤兒院院長是個慈祥的老太太，看見孟千玨帶著一個小盲童來了，很高興地說歡迎歡迎。隨後就安排人帶著小盲童去洗澡理髮。小盲童有些不放心別人，去洗澡時，專門把他裝寶貝的挎包交給孟千玨，讓她替他保管。孟千玨說：「你放心啦，這兒是不會丟東西的。」小盲童說：「不，以前我只放心我自己，現在再加上你。別的人我不瞭解，怎麼能隨便放心？」

孟千玨以前來孤兒院，一般都是幫助整理孤兒的宿舍，然後給小朋友看動漫書，講動漫故事。今天因為新收留了小盲童，活動內容臨時做了更改。小盲童洗完澡理過髮後，院長又給他換了一身乾淨衣服。小盲童這下看上去完全變了個樣。小盲童過來便找孟千玨要他的包，然後靠著孟千玨，抓住她的手再也不肯放開。

院長和三個老師把孩子們集合到教室，然後向大家做了介紹。

「同學們，今天我們院新增加了一個特殊的小夥伴，他叫明明，大家鼓掌歡迎！」院長說，說完自己帶頭鼓掌。孟千玨和幾個老師也一起鼓掌。

小朋友們看著明明，一起鼓掌歡迎。

明明靠著孟千玨，激動得滿臉通紅。他看不見小朋友，但是第一次受到這麼多小朋友的歡迎，他很高興。他不知道該怎麼感謝大家，仰起臉悄聲對孟千玨說：「姐姐，我可以給大家拉個曲子嗎？」

孟千玨高興地說：「可以啊！大家一定會非常歡迎！」隨後向大家介紹說：「同學們，明明是個二胡小演奏家，他拉的曲子非常動聽。接下來我們歡迎明明給大家演奏！」

孩子們再次劈哩啪啦鼓掌歡迎。

明明便打開他的挎包，從裏邊拿出綁在腿上的那套伴奏「裝置」。孟千玨拉過來一把椅子，讓他坐在椅子上演奏，但是明明說椅子太高，他不習慣，一定要他那個小馬紮凳。在小馬紮凳上坐好後，明明把那套裝置在腿上固定好，扯著細繩的另一端套在腳上。試了下音，擰了擰弦把，又試了一下，然後便開始演奏起來。

「月兒高」。明明演奏的是著名的中國民間樂曲「月兒高」。

這是一個十分獨特又十分感人的場面。演奏者是個十多歲的盲童，聽眾是一群有著各種不幸經歷的孤兒。教室裏非常安靜，小朋友們全都靜靜地聽著，看著。就像坐在街邊演奏時一樣，明明臉上仍然微笑著，嘴唇隨著樂曲不停地動著，好像在唸他拉的曲子，又像是隨著樂曲在遐想什麼。大家全都聽呆了，尤其是那三位外籍老師，完全被這種兩根弦的中國樂器和中國民樂的神奇魅力迷住了。樂曲終了，大家瘋狂地鼓掌叫好。紐西蘭籍的女老師辛西婭跑過去，抱住明明在他的額頭上使勁親了一下，說：「孩子，這是天使的音樂！你簡直就是天使！」

孟千玨要回去了。臨走時明明送她。到孤兒院門口時，明明說：「孟姐姐，妳不是一直想知道我的包裏有什麼寶貝嗎？我現在可以告訴妳啦。」明明說著，打開拉鏈，從包裏拿出一個小型收音機，說：「這就是我的音樂老師和音樂學校。我所有的樂曲，都是跟著這個收音機學的。妳別看它小，但性能挺好的。哪兒的電臺都可以收到，包括大陸的音樂台。」

離開孤兒院走了不遠，孟千玨在一個公車站等車時，看見路旁的廣告牆上貼了張新海報。好像是大陸一個什麼樂團要來台巡迴演出。具體是什麼樂團和演出時間她沒看清。但海報上那個男演員卻讓她心動了一下。這時公車來了。她上車後又回頭看了一眼，心裏突然有一種奇怪的感覺。

6

孟千玨回到家裏時，哥哥已經回來一會了。

哥哥、奶奶和周醫生都在客廳裏。孟千玨心裏馬上有了種異常的感覺。她知道，只有一件事能讓哥哥、奶奶與周醫生同時坐在這裏，那就是她的病。她進去的時候，他們的談話停頓了一下，接著奶奶就喊她到她身邊來。奶奶笑著，但她能看出奶奶笑得很費力。哥哥，還有周醫生，也都衝她笑著，但是她能感到他們的笑是努力出來的。她心裏一下子全都明白了。她不願意讓他們難受，她也笑著。她的笑比他們自然多了。因為這個問題她已經反覆想了很多遍，她比任何人都想得多，都想得徹底。

「奶奶，我知道你們在談什麼，一定是周醫生告訴你們我的病已經基本痊癒了，你們才這麼高興的啦！是不是啦奶奶？」

奶奶說：「對，對，我的阿玨真聰明。」哥哥沒說話，周醫生趕緊跟著奶奶的話說對。並問她：「妳今天感覺怎麼樣？」

孟千玨說：「很好啦！奶奶，您猜我今天遇到個什麼人？」

大家都有些緊張。她就把遇到那個盲童的事情講了。她一邊學著小盲童的動作，一邊說：「最有意思的是，他腿上綁著兩塊木板，用一根繩子扯著，套在腳上，這樣他就可以一邊拉二胡，一邊用腳扯著那塊木板給自己伴奏。他的二胡拉得特別棒。我把他領到孤兒院給小朋友們演奏時，小朋友們鼓掌都鼓瘋啦！辛西婭老師還上去親了他一下呢！還有，他也是台南人，還是咱們的小老鄉呢！對啦對啦，他和我一樣，也特別愛吃鱔魚麵，我給他要了那麼一大碗，他稀裏呼嚕一會兒就全吃光啦！還有還有，他不用我牽他的手，也不用棍子探路，就可以一步不拉地跟著我，他說他是聞著我身上的氣味跟我走的，好奇怪耶！」

孟千玨興高采烈繪聲繪色地學著說著，大家看著她，一直沒說話。孟千雄望著妹妹活潑可愛的樣子，心如刀割，難過地別過臉去。奶奶強忍著，沒讓眼淚流出來。剛才商量好的瞞的方案，全部瓦解了。他們也能感到，孟千玨可能已經知道了實情，只是怕他們難受，才故意這樣高興地說這說那。孟千玨笑著說著，突然停住了，她看著屋裏的親人，感到自己再也堅持不下去了。她問周醫生：「周醫生，我想知道，我還有多少時間？」她是笑著問的，但眼睛裏汪滿淚水。

周醫生說：「小姐，妳不要這樣想。我們正在想別的辦法。」

「不！我想知道，我還能活多長時間？」孟千玨說。眼淚嘩嘩地往外湧著，但臉上仍在強笑。

周醫生看看孟千雄，不好開口。奶奶把千玨攬到懷裏，撫摸著她顫抖的肩背，老淚縱橫地說：「阿玨，奶奶求妳，不要這樣想，也不要這樣問了。咱們會有辦法的，會有的。不要怕，這個世上沒有過不去的難關！有奶奶在，有妳哥哥和周醫生在，妳一定會度過這個難關的！」

孟千雄也走過去，對妹妹說：「阿玨，哥哥知道，妳是天下最善良的女孩，也是天下最堅強的女孩。我們都愛妳，妳一定會好的，一定。」

孟千玨止住眼淚，說：「奶奶，哥哥，周醫生。你們都是我最親的人，我知道你們都愛我，知道你們不想讓我難受。看到我難受時，你們會非常難過。所以我一直想用快樂來對付難受。我發現快樂也是一種武器，是一種對付病魔對付難受的武器。所以我想快快樂樂度過我剩餘的時間。周醫生，我想我應該還有四五個月的時間吧？四五個月，一百多天呢！這是很長一段時間呢！來得及做很多事情。我一直有一個願望，就是在將來開一個全台灣最大的漫巴，收集全世界所有的動漫書。免費請喜歡動漫的小朋友閱讀。現在看來這個夢無法實現了，那我準備把我已經收集到的漫畫書全部贈給孤兒院的小朋友。不過哥哥你一定得幫我，要不然那麼多書，我一個人可背不動……對啦，眼下我還有一個小小的願望，也許是受今天那個小盲童的影響，我忽然對民樂產生了興趣。今天我在街上看到一個海報，說大陸一個什麼樂團要來台演出，我想讓哥哥陪我去看看。」

奶奶說：「我也去。我陪著我孫女去。」

7

現在，孟千玨回到了自己的房間。

孟千玨的房間是個小套間，內間是臥室，外間是她的書房兼課堂。患病後她無法上學，但又不願意耽誤學業，便請同學們到家裏給她補習。外間靠牆放著兩排書架。書架上擺滿各種版本的動漫書。美國的、英國的、日本的，自然也少不了大陸和台灣的。從五六歲迷上動漫至今，十幾年來孟千玨收集的動漫書差不多有五六千冊。她從書架上取下一本動漫書，那是一冊「尼羅河的女兒」，十幾年前，她就是從這套書喜歡上動漫的。她翻開書看著，眼淚止不住湧了出來。

第三章

1

這是一個飛往台灣的特別航班。雖然往常飛往台灣的航班上時有僧人乘坐，但是像今天這樣一下子上來七八十個和尚卻屬首例。空姐們顯得很興奮；僧人們則正襟危坐。場面看上去很有意思。

敬弘法師與侯教授正巧坐在一塊。侯教授把靠舷窗的座位讓給敬弘法師。敬弘法師說不用不用，侯老師，還是你坐吧。侯教授說你就別客氣了。一會兒從飛機上看台灣，很有意思的。敬弘法師恭敬不如從命，只好坐了。坐下不久，乘務員提醒大家繫好安全帶，飛機馬上就要起飛了。

「侯老師，您去過台灣？」飛機升空後，敬弘法師問侯教授。

「去過。這次是第五次了。」侯教授說。近幾年，應台灣佛教界和音樂界朋友的邀請，侯教授做為民間訪問學者，先後四次去台灣講學。他在台灣有不少學界朋友。

敬弘法師又問：「那侯老師對台灣佛教界的情況一定有很深的瞭解吧？」

侯教授說：「不敢說有多深的瞭解，只能說知道個大概吧。台灣人的宗教信仰比較複雜，正式登記在冊的宗教有道教、佛教、回教、天主教、基督教、軒轅教等十多種。佛教在台灣屬僅次於道教的第二大宗教。信徒有四百多萬。全台灣的佛教寺廟有兩千多座。其中高雄縣的佛光山是規模最大的佛教聖地。佔地七百多畝，每年都有幾十萬佛教徒前來拜謁。佛光山梵唄源自祖國大陸的天寧寺和寶華山，是中國梵唄十方韻的嫡傳。台灣佛光山梵唄讚頌團已經享譽世界。台灣幾乎每戶人家都有佛堂。與大陸的佛教寺廟和信徒一樣，奉祀的都是釋迦牟尼和觀音菩薩。要說兩岸同根同源，從這一點也可以得到充分印證。」

「就是說，從佛教信仰上看，台灣佛教徒和大陸佛教徒是一樣的？」

「從根上說是一樣的。當然也有區別。叫我說，大陸佛教徒給人一種臨時抱佛腳的感覺，不少人是病啦，或者想要孩子啦才去求菩薩拜觀音；台灣佛教徒不給人這種感覺。顯得很平常很自然。再一點不同處是，在台灣，不論在台北還是高雄，人們在街上看見和尚不會感到稀奇，在大陸就不一樣啦，大人小孩，突然看見迎面走來一個和尚，都多少會感到奇怪；另外還有一點不同，大陸不少人的觀念中，往往把出家看成一種迫於無奈的行為，失戀啦，破產啦，走投無路啦，才出家遁入空門。在台灣也有人這樣看，但不像大陸那麼普遍。對這一點你恐怕有體會吧？」

敬弘法師笑了笑，說：「是這樣。對啦，侯教授，大陸不少人把佛教信仰與迷信混為一談。台灣也有人這樣認為嗎？」

侯教授說：「很少。」

這趟航班的航程比較短，期間空姐供應了兩次飲料和小點心。離降落還有一刻鐘時，空姐提醒大家繫好安全帶，飛機馬上就要到達台灣了。敬弘法師透過舷窗朝下方望著。從飛機上看台灣，真的有一種很奇妙的感覺。同機的和尚們和他一樣，也都是第一次到台灣，第一次從飛機上鳥瞰寶島，大家興高采烈地議論著，心中充滿異樣的激動。

2

終於，飛機落地了。

台灣佛教界和音樂界來了不少朋友迎接佛樂團的到來。幾十家媒體的記者也擠上來採訪。侯教授與前來迎接的幾位朋友打過招呼後，一位記者看他像是個負責人，便過來把麥克風伸向他，問道：

「先生請問，北京佛樂團這次出訪台灣，是民間性質還是官方性質？」

侯教授說：「可以說是民間性質的。」

那位記者又問：「能說說你們的活動行程嗎？」

侯教授指了指旁邊一位前來接他們的朋友說：「這個問題你得問他。我們這次來台灣演出的活動安排，是由兩岸佛教協會組織安排的。」他邊說邊往前走，想早點脫身。

那位朋友一邊替他擋駕，一邊說：「具體安排你們隨後就會知道。我現在只能告訴你，北京佛樂團將在台北和高雄做數場演出，並將為慈濟功德會等社會公益團體做募捐義演。」

但是那個記者還是窮追不捨，急步往前追趕著，又問侯教授：「先生，先生，據說北京佛樂團這次來台，是經過大陸高層首肯的？是這樣嗎？」

侯教授只好站住了，笑著說：「你別忘了，我是樂團的藝術總監，對這個問題只能說無可奉告。」

這邊幾個記者在追著採訪侯教授，那邊敬弘法師也被幾個記者圍住了。一位女記者可能看出敬弘法師是海報上那個和尚，追到他身邊，伸著麥克風問他：

「請問師父，可以告訴我你的法名嗎？」

敬弘法師單手作了個揖，答道：「貧僧敬弘。」

女記者又問：「敬弘法師，你以前來過台灣嗎？你對台灣的第一感覺如何？」

敬弘法師說：「我以前沒來過台灣，但是我在夢裏已經來過多次了！我覺得我對台灣的第一感覺，比我在夢裏夢到的感覺還要好！」

女記者笑了，很高興地重新打量著眼前這位超凡脫俗的現代和尚，說：「太好了，沒想到你會回答得如此精彩！我想如果敬弘法師是個俗人，會有很多女孩子愛上你的。再問你一個問題：做為大陸的佛門弟子，你現在最想對台灣的佛門弟子說的話是什麼？」

敬弘法師脫口說道：「天下和尚是一家，更不用說兩岸佛教同根同源，本來就是一家人了。」

左推右擋，侯教授他們好不容易才衝出記者的重圍。隨後，佛樂團成員分乘三輛大巴，離開機場，向預訂的賓館開去。

3

由兩岸佛教協會組織的「海峽兩岸中華佛教音樂展演」的首場演出，是在台北著名的國父紀念館表演廳進行的。中山演出廳是一個設計新穎獨特，音響、燈光等各種設備均堪稱一流的表演場所。經常舉辦一些高水準的音樂戲劇演出。首場演出被安排在這裏，表明了台灣各界對這次演出的重視。演出獲得巨大成功，在台灣引起空前的轟動。在台北演出結束後，佛樂團隨後來到高雄，在高雄進行了另一場演出。

一輛小轎車緩緩停在演出廳門口。孟千雄下車，和孟千玨一塊扶著奶奶從車上下來。隨即，他們與別的觀眾一起，魚貫進入演出大廳。

七點半，演出開始。

幕啟，台灣佛教協會一位負責人代表台灣佛教界致歡迎詞，隨後把演出主持人，樂團藝術總監侯教授介紹給大家。侯教授做了簡短發言，侯教授的聲音略顯沙啞但是很有磁性。他沒拿講稿，微笑著站在麥克風前，侃侃講道：

「各位朋友，各位施主，各位親愛的同胞：中國佛教音樂起源於一千七百多年前，據傳是曹操的兒子曹植創立的。一千多年來，中華佛教音樂以其達觀寧靜，空靈深遂，清而不擾，濁而不蔽的音樂品格，傳遍世界各地，產生了越來越大的影響。我們常說：佛法無邊。就是說，佛教的力量是任何人都無法阻隔的！海峽兩岸佛教同宗同根同源，海峽兩岸的佛教徒與眾生人心思安，人心思統，這是任何人都不可逆轉的歷史潮流！當今世界，戰爭頻仍，人聲喧囂，黎民眾生需要心靈的安寧和撫慰。我相信，兩岸佛界百餘名佛樂藝術家的這次連袂展演，一定能使中華佛教音樂更加發揚光大！一定能讓各位施主各位朋友各位同胞獲得心靈的慰藉和享受！接下來，演出開始，請大家欣賞！」

侯教授的簡短講話獲得全場觀眾的熱烈掌聲。接下來，演出正式開始。

4

這場演出包括中國漢傳、藏傳和南傳三大語系佛教音樂，以及佛教舞蹈與少林功夫等。

孟千玨對佛教音樂並不陌生，奶奶在佛堂禮佛時，時常也會放一些佛樂錄音帶。但是聽錄音帶是一回事，看現場表演是另一回事。尤其是由拉卜楞寺佛樂團演出的藏傳佛教音樂，更是讓人們感到震撼。當僧人們身著紅色袈裟、頭戴藏傳佛教格魯派黃帽，手持長長的法號吹奏起來時，真是有一種奪人心魄、通天徹地的神秘力量。這種樂聲令人敬畏，但同時又讓人感到心靜。奶奶已經進入「角色」，奶奶閉上眼，嘴裏唸著經文，很快就進入禮佛境界。現場不少老人也像奶奶一樣，隨著樂曲唸誦起經文。也許佛樂與別的音樂的區別就在這裏，它沒有顛狂的扭擺蹦跳，沒有五光十色的包裝，沒有聲嘶力竭的狂叫，沒有故作姿態的煽情。它也不會讓台下的觀眾發狂，不會讓男孩女孩揮著螢光棒喊「我愛你」……並不是說那樣不好，並不是說除了佛樂別的音樂就要不得了。百花齊放，百家爭鳴。男孩女孩揮著螢光棒喊我愛你是一種音樂效果，眼下這場佛教音樂演出能讓孟千玨的奶奶和現場許多老人心安唸經也是一種音樂效果……

但是對女孩孟千玨來說，這場演出還有另外一個意想不到的「效果」。

第三曲：雙管獨奏，「葉裏藏花」。

海報上那個男人出現在臺上。那天看到海報時，孟千玨只是瞥了一眼，並沒有注意到他是個和尚，現在發現他原來是個和尚時，她心裏多少感到有些可笑。孟千玨一家人坐在第三排居中的位置。表演廳的舞臺不是很高，容易給觀眾一種親近感。尤其是坐在前幾排的觀眾。孟千玨笑了一下，她也說不清是在笑自己還是在笑臺上那個和尚。她注視著臺上。臺上的敬弘法師身著黃海青，紅袈裟，看上去的確給人一種超凡脫俗、飄然若仙的感覺。像那天看見海報時一樣，孟千玨的心又一次奇怪地動了一下。她看見他打坐在蒲團上，雙目微合，靜默了大約一分鐘後，突然，像是從天外傳來一聲音樂，一下子把孟千玨和全場人的心都攥住了。

孟千玨從來沒有聽說過管子這種樂器，也沒有聽過用雙管演奏的樂曲。「葉裏藏花」？好奇怪好好聽的曲名！她專注地望著臺上，啼聽著。雙管獨特的聲音，嗚嗚咽咽，時而款款而來，時而蜿蜒而去；時而長河彎彎，時而急流奔湧，時而又如瀑布從天而瀉。一曲終了，台下靜場片刻，接著掌聲雷動，「真乃天籟之音！」孟千雄輕聲讚嘆了一句。奶奶也高興地說好好。孟千玨忘了鼓掌，她凝神地望著臺上，眼睛裏充滿異樣的神情。

哥哥千雄注意到妹妹異常的神情，用胳膊輕輕碰了妹妹一下，說：「阿玨，走神啦？」妹妹不好意思地笑了一下，說：「才沒有！」說完才沒有後，又在心裏小聲嘀咕了一句，「只是心裏有點怪怪的。」

這種怪怪的感覺持續了一個晚上。

那天看演出回來後，孟千玨一直覺得很興奮。她很長時間睡不著覺，後來好不容易睡著了，又做了一個奇怪的夢。夢裏她一個人，不知怎麼會掉進一片大水中。她在水中掙扎著，眼看就要被淹沒了，這時候，忽然聽到一陣樂曲聲。是管子！是有人用管子在吹「葉裏藏花」。她尋聲望去，看見不遠處有一座山峰，聲音就是從那裏傳來的。但是她看不見人，她急壞了，大聲朝那邊喊了一聲救命，隨即就醒來了。

第二天，周醫生為她做例行體檢時，奇怪地發現她病情的一些指標，有了明顯的好轉。

「這太好啦！也許中西藥療法真的起作用啦！」孟千雄聽完周醫生的報告後，高興地說。

「有可能。不過也許還有別的原因。」周醫生補充說。

5

北京佛樂團在高雄的演出同樣獲得了巨大的成功。演出間隙，組織者為樂團安排了一些參觀遊覽活動。這天是週日，樂團化整為零，大家分頭去寺廟和一些慈善機構演出。按照團裏的安排，敬弘法師帶著兩個徒弟，到了濟嬰孤兒院。

濟嬰孤兒院也是台灣慈濟功德會資助興辦的，收養了五十多個孤兒。管理人員除院長和一個工友外，另有四個老師。四個老師中有一個是台灣人，另外三個是來自美國的修女。孩子們稱她們嬤嬤。

院長是個退職的小學校長，很熱情也很會說話。他已經看過樂團的演出，一見面就說：「歡迎歡迎！的確是仙音妙樂，天籟之聲！今天幾位高僧能降臨敝院，是本人的榮幸，也是孩子們的榮幸！請請請！」

因為敬弘他們是午後到的，孩子們還在午休，院長便與兩位嬤嬤一塊，領著他們四處看了看，參觀了一下孤兒院的各項硬體設施。

「濟嬰孤兒院是慈濟功德會獨家出資興辦的。各位師父，慈濟功德會你們應該知道吧？」院長帶著他們，一邊看一邊問道。

「知道一二。但是不很清楚，願聞其詳。」敬弘法師說。他說的是實情。來台灣前，他對慈濟功德會只能說有所耳聞，從報紙和網上看到過幾則台灣慈濟功德會為大陸幾個白血病患者提供適型骨髓的報導。具體情況的確不甚瞭解。

這句話正中院長下懷！在台灣，大概沒有人會請他講有關慈濟功德會的事兒，因為慈濟功德會在全台灣是家喻戶曉，婦孺皆知。現在面對幾位「願聞其詳」的大陸僧人，前任小學校長可逮住發表演講的機會了，立刻清了清嗓子，說道：

「慈濟功德會是台灣最大的慈善機構，擁有會員四百多萬。大陸水災、希望工程、非洲飢荒、土耳其地震等，慈濟功德會都曾捐款救助。尤其是慈濟骨髓庫，這些年更是做了些功德無量的好事。這不，我手頭正好有一份報紙，幾天前，花蓮一個少女捐骨髓給北京患者，你們看看。」老院長說著，讓嬤嬤拿過來一份報紙當場遞給敬弘法師。敬弘法師接過報紙，上邊是一則短訊：

海峽兩岸同胞手足情深、血脈相連。日前為挽救北京一名血癌病患，台灣花蓮一位少女慷慨捐贈骨髓。

花蓮的這位十九歲吳姓少女，當天早上七時就進手術房抽取骨髓，準備捐贈給北京一名血友病患者。手術歷時兩小時。抽取的骨髓必須在二十四小時之內使用才有效，因此台北「慈濟」骨髓捐贈中心立刻將骨髓送往北京。從花蓮，經台北和香港轉機，約晚上八點抵達，病人隨即進行手術……

敬弘法師認真看了報紙，心裏忽然產生了一個想法。

老院長繼續說：「據我所知，這幾年，大陸至少有七十位以上的白血病患者，得到了慈濟骨髓庫提供的適型骨髓，進而保住了生命，得到新生。」

「七十多？我看到過一些相關報導，但沒想到會這麼多！」敬弘法師吃了一驚，說。他心裏那個想法更明確了。

「聽說大陸現在正在擴建中華骨髓庫，不知道擴建得怎麼樣了？」院長看敬弘法師的表情有些異常，問道。

「不很清楚。」敬弘法師老實作答，他的確不很清楚。但是他心裏那個想法這下更確定了。

「聽說大陸這些年慈善工作開展得也很迅猛。中央電視臺的一場募捐義演，就能募捐到幾億人民幣的捐款，這可真是了不得！人多勢眾啊！」院長說。

敬弘法師點頭笑了一下，沒有否認。

大概因為是孤兒院院長，老先生對慈善事業自然格外關注。他突然又問敬弘法師：「不過我好像看到一則報導，說有一次為愛滋病病人義演，結果一個名人都沒到場，最後連一萬元都沒募捐到——我想不會有這種事吧？」

敬弘法師這下笑不出來了。只好說：「不很清楚。」

老院長繼續說：「慈善工作光靠有錢人和名人恐怕不行。還是得靠黎民百姓呀。像慈濟功德會，為了幫一個地方的百姓建座醫院，就發動會員縫鞋子，一塊錢一雙地賣，就這樣一塊錢一塊錢地，積少成多，最後終於把那座醫院建起來了，而且還把更多的人帶動起來關心慈善事業，這多好啊！」

說著話，孩子們已經起床了。孩子們這些天已經從電視上看過佛樂團的演出報導，現在敬弘法師上門為他們演出，自然高興得不行。大家很快在教室裏坐好了。敬弘法師跟院長商量了一下，說別給孩子們演奏佛樂了，我們給大家演奏一首民樂曲吧。院長說好。於是敬弘法師就帶著兩個徒弟，用管子為孩子們吹了一曲「江河水」。

6

機緣湊巧，孟千珏和哥哥正巧這時到了。

他們是為濟嬰孤兒院的孩子送動漫書來了。這些天，孟千雄陪著妹妹相繼去兩家孤兒院送書，高雄這家孤兒院是第三家。

一個熟悉的嬤嬤在門口迎接他們。孟千珏問：「院長和孩子們呢？」嬤嬤說：「院長和孩子們正在教室看演出呢！咱們也一塊去聽吧，聽完了再和孩子們一塊搬書。」

千雄問：「什麼人在演出？」

嬤嬤說：「大陸來的幾位高僧。」

孟千珏一聽，馬上說：「是嗎？哪咱們趕緊去看看吧！」

進了院子，一聽到那熟悉的樂曲聲，她馬上感到心裏一陣發緊。她猜到是誰了。她一下子想起那天的演出，想起那天晚上的夢。進了教室，她看見果然是他，心頭漫過一種從未有過的感覺。怕影響演出，他們是從教室後門進去的。正在吹奏樂曲的敬弘法師並沒有發現他們。直到第一支曲子演奏完後，敬弘法師才發現孟千玨。

四目相對。而且只是無意識的一瞬。但對女孩孟千玨來說，這已經足夠了。

孩子們熱情鼓掌，紛紛要求再演奏一首。於是敬弘法師又演奏了一首中國民樂曲「月兒高」。

孟千玨聽得如癡如醉。她分不清自己是給這種獨特的樂器和這首動人的樂曲迷住了，還是被演奏這支樂曲的人迷住了。從十六歲生病到現在，她一直在治病，基本上處在與世隔絕的狀態。愛情領域一直是一片空白。他成了進入她心中的第一個男人。但是她不能確定這一點，她感到心中十分慌亂。她覺得這是不可能的事情。

演出結束，校長這才過來與孟千玨兄妹見面，同時介紹他們認識敬弘法師。敬弘法師聽說他們是給孩子們送書來的，單手作揖說了句善哉善哉，然後便帶著兩個徒弟，與校長他們一起，領著孩子們一塊到門口幫他們搬書。

冥冥中那隻美麗的機緣之鳥再次飛臨女孩孟千玨的肩頭。敬弘法師搬書的時候，不留神在車子的後車廂上碰了一下，手上那串佛珠掉到地上，正巧落在孟千玨的腳前。孟千玨彎腰揀起佛珠。她一下子愣住了：那串清一色純黑色的瑪瑙佛珠中，夾著一顆碧綠剔透的貓眼石。與她自己保存的那串佛珠一模一樣。她拿著佛珠呆呆地看著，一時竟忘了還給敬弘法師。哥哥千雄在一旁看見了，輕輕碰了她一下，她這才驚醒過來，慌忙地把佛珠還給了敬弘法師。敬弘法師也注意到女孩異樣的表情。他接過佛珠時看了她一眼，隨後像俗人一樣，說了聲：「謝謝！」

7

晚上，洗完澡，女孩孟千玨對著廁所的鏡子，自己點著自己的鼻子尖，說：「怎麼可能呢？這怎麼可能呢？這太荒唐、太離譜了吧？」

她決心忘掉他，忘掉這件事。

幾天後，北京佛樂團圓滿結束在台灣的展演活動，滿載台灣僧眾和人民的讚譽及深情離開了。女孩孟千玨從電視新聞裏看到這則消息時，輕輕地嘆了口氣。她知道，這件事情結束了。她在感到放鬆的同時，心裏又有點莫名的失落。

第四章

1

北京。在一間舞蹈練功教室裏，賈思甯帶著二十來個女孩子正在排練舞蹈。

賈思甯在家裏好吃懶做四體不勤五穀不分，在外邊工作時卻特能拼命。她帶的舞蹈班，要參加上海、南寧的全國舞蹈比賽和八月分的鄧小平百歲誕辰紀念活動，不拼命哪兒行？到時候節目上不去或者演砸了，丟學校的人，丟舞蹈班的人，自然也丟她的人。舞蹈班這群女孩子，從初一到高三，六年時間一直跟著她練舞蹈，踢腿下腰摸爬滾打，每天流的汗水能裝一大臉盆，淚水能裝一小臉盆。她流的汗水和淚水比孩子們少一些，但盛滿一小臉盆也沒問題。當然她和孩子們的汗水淚水也得到了回報，不說舞蹈班這些年獲得那些全國性舞蹈大賽的獎狀，你只要看看這些女孩子一個個「趾高氣揚」的自信勁兒，就明白她們的汗沒有白流。

舞蹈教室的一整面牆是個大鏡子，前邊是壓腿的橫杆。二十幾個女孩分成五排，每排五個人正在排練。賈思甯面對孩子們站著，一會拍手喊停，一會又拍手喊開始，一會又指指自己的心口和太陽穴說：「不能光用肢體跳，要用這兒，這兒跳！」下課了，孩子們給她鞠躬，喊老師再見！她給孩子們鞠躬，說同學們再見。有五個女孩留下來繼續練習，因為其中一個女孩的動作沒達到要求，到時候這一排就沒法上。她自然也得留下來。一直到那個女孩的動作過關後，她才對孩子們說：「今天就到這兒吧。再晚了，家裏該操心了！」

2

回到家裏，賈思甯一邊換拖鞋，一邊喊累死啦。平常她喊累死啦時，周克一般都會趕緊過來迎向她，接她手裏的東西。並順便給她拍拍背捏捏肩膀。然後她就去洗澡，洗澡完了周克的飯也就做好了，她就等著吃現成。但是這天情況有些變化。她喊累死啦時周克沒有應聲。女兒在她的小屋裏喊：「老媽，妳就別喊累死啦。喊也是白喊——我爸不在家！」

「妳爸幹嘛去啦？」她問。

「妳都不知道我爸幹嘛去啦，我怎麼會知道？」女兒說。

「嗨，這人！」她說。突然想起周克中午對她說過，晚上要晚回來，去聯繫「走穴」的事。管弦樂團不很景氣，很多人利用晚上時間到賓館飯店跑場子，掙點外快補貼家用。搞器樂的人走穴與搞聲樂的人走穴是兩回事。明歌星走穴一晚上能掙幾十萬，一般歌星在飯店大堂唱一兩首歌也能掙一千兩千。搞器樂的就不行了，一晚上也就百十塊，賺的完全是辛苦錢。周克一直不屑於此。賈思甯也不主張他幹。賈思甯說：「音樂是藝術，不是用來混飯吃的家什！再說，你要是成天晚上去走穴，我與和絃的晚飯誰做？」但是情況是在不斷地變化，先是煤氣費漲啦，接著電費漲啦，再接著水費也漲啦。當然也有些東西在降價，比如說汽車。可是現在他們還沒買車的打算，所以汽車降不降價跟他們關係不大。手機話費倒沒有漲，但是傳聞了很長時間的單向收費始終沒有實行。周克用的手機是全球通，每月座機費就五十元。一直也有傳聞說要取消，但至今仍是傳聞而已。賈思甯和女兒用的是神州行，通話一次六毛，發一條簡訊一毛五，通話一次比發簡訊貴四毛五分錢。女兒手緊，與同學之間都是發簡訊，有時候周克和賈思甯給女兒打手機女兒也不接，而是發條簡訊問什麼事？「四毛錢現在還算錢嗎？」賈思甯說。她開始沒把這四毛錢當回事。但是幾十個上百個四毛錢加起來，她一月的話費比女兒多了五六十。這下逼得她沒辦法了，趕緊回頭揀起拼音，也加入到女兒她們簡訊大軍的行列。家裏用電用水也注意啦，洗衣機用過的水接到桶裏，用來沖廁所；以前賈思甯常常靠在客廳的沙發上，一邊看書一邊看電視，過去要靠女兒提醒，說：「老媽，妳到底是看書還是看電視，不看電視就把電視關了！」現在不用女兒提醒了，她自己就會主動把電視關掉……但是光這樣「節流」還不行，還得想辦法「開源」呀！周克和賈思甯商量來商量去，最後還是投降了，決定讓周克也去走穴賺點小錢貼補家用。金錢最終打敗了藝術，藝術最終不得不低下高貴的頭，變成藝術家在街頭市井謀生糊口的「家什」。至於晚飯問題，賈思甯對丈夫說：「行吧，為了你每月能給家裏多掙回三千塊錢，我和女兒就做出些犧牲，我有空回來我做，沒空我們母女就吃食堂吧。」

看來今天就得吃食堂了。好在院裏的食堂還可以，賈思甯帶著女兒拿著飯卡，到食堂要了一個水煮魚一個燒茄子一個西芹百合和兩份米飯，稀裏呼嚕吃得挺滿意。不過刷卡的時候一算帳，連菜帶飯五十六塊。女兒說：「老媽，我爸那邊的一百塊還沒掙回來呢，咱倆這邊五六十就出去了，這樣下去行嗎？」

賈思甯說：「沒關係！又不是天天要三個菜，隔三差五這樣吃一頓，咱們家還承受得了。」

3

在一家星級飯店裏，周克滿面通紅，正在跟餐飲部經理聯繫走穴的事。

現在不少飯店為了招攬顧客，都在飯廳前邊設個小型舞臺，讓客人一邊用餐，一邊聽聽音樂聽聽歌，或者觀看一些小型的歌舞表演。期間鼓勵顧客參與，獻花也行，點歌也行，願意上去唱幾嗓子也行。一句話，只要你願意花錢就行！點首歌三十五十不等；獻一次花二十三十不等。花是飯店準備的，你這邊獻上去，那邊服務小姐就又拿下來了，可以循環使用。一束花一晚上獻個三五十次不成問題。按一束花一晚上使用三十次、每次收費二十元算，這一束花每晚創造的「經濟效益」為六百元。這六百元飯店提成百分之五十或者百分之六十，剩餘的歸表演者所有。當然也有例外，據說有位老闆一次向一位尚未成名的女歌星獻花時，特地讓現場的主持人說明，這束花的價值是十萬元。這沒辦法，人家有錢想怎麼花是人家的事，別人犯不著大驚小怪。

一下子要加入這個行列，一下子要走下高雅的、嚴肅的音樂舞臺，加入到這個掙錢糊口的隊伍中來，周克心裏多少還有些彆扭。自命清高，知識分子這個臭毛病不好改啊！其實他沒想到，要加入這個隊伍還挺不容易呢！他這邊猶猶豫豫羞羞答答扭扭捏捏不想進來，人家那邊要不要他還不一定呢！

這家飯店的餐飲部經理是個年輕胖子，從頭到尾，連正眼看一眼周克都沒有。

「管弦樂團？哪個管弦樂團？我怎麼沒有聽說過？」餐飲部經理一邊朝進來的幾位貴客打招呼，一邊稍帶著問周克。周克只好又說了一遍。餐飲部經理問你有名片嗎？周克這才想起應該印個名片。他正要解釋，餐飲部經理不耐煩地說：「這樣吧，你留個電話，我這邊有機會再跟你聯繫。」

出師不利，周克只好紅著臉離開了。

「奶奶的！聯繫個鬼，打死老子也不會再上你這破飯店的門了！」出門後周克在心裏憤憤罵道。周克在管弦樂團不說是大拿，但無論人品樂品水準技巧，都排在前三名以內。何曾被人這樣低看？何曾受過如此冷遇？他真想就此打住，不幹了。但出門經冷風一吹，剛才漲得通紅的臉慢慢變過來了，氣也漸漸消了。自己安慰自己說：「操！此處不留爺，自有留爺處！」隨後又鼓足勇氣，向第二家飯店殺去。

第二家飯店的情況大同小異。

這是家涉外飯店。餐飲部經理又高又瘦，說話也很客氣。聽了周克的自我介紹後，問他：「請問周老師，你主要演奏哪種樂器？」

「黑管，雙簧管。薩克斯風也行。」周克挺高興，覺得事情有門。

又高又瘦的餐飲部經理說：「那就太不巧啦，我這裏演奏這幾種樂器的人一大把，這個月排班還排不過來呢！」說完看周老師有些失望，便補充說，「您還會什麼樂器？最好能有些絕活。」

「絕活？」周克重複了一句，一下子懵住了。他搞了半輩子音樂，但沒想過這個問題。

回到家裏時，已經十點多了。女兒睡了。賈思甯看他臉色不佳，說：「怎麼，沒聯繫上？」

周克嗯了一聲，上廁所洗手。

賈思甯追到廁所，看著他的臉又問：「是你沒看上人家還是人家沒看上你？」

周克一邊洗手一邊說：「都不是又都是。」

賈思甯說：「怎麼講？」

周克說：「我沒看上人家，人家也沒看上我唄！」

賈思甯就不問了。你別看賈思甯好吃懶做，但她懂得疼男人。也會哄男人高興。但凡周克遇到什麼不高興的事，她總要想法化解化解，一直到周克不再生氣為止。她這樣做的理論基礎是——她向同伴解釋說：「男人其實都像小孩一樣，妳得哄著點。他高興的時候，妳氣氣他，和他爭幾句吵幾句關係不大。但是一旦妳發現男人真的生氣了，或者遇到不開心的事了，那妳就得讓著點哄著點。我才不像有些女人那麼傻呢！男人生氣了她也跟著生氣，一味的攻火，一味的不知退讓，那是幹嘛呀？自己的男人自己不心疼，萬一氣出個三長兩短，到頭來還不是妳自己受罪嗎？」

周克在擦手，賈思甯就從後邊抱住他，把臉偎在他的肩膀上說：「怎麼，還挺難的？」

周克說：「行啦行啦，妳別問啦。睡覺吧。」

賈思甯說：「不！你不說清楚不准睡覺。」周克擦完手，轉過身來，賈思甯抓住他的手，強迫他摟著自己的腰，然後像哄小孩那樣，兩手捧住周克的臉，定定地看著他，說：「看著我的眼睛，不准看別的地方——怎麼，自尊心受到傷害啦？說，究竟怎麼回事？」

周克沒辦法，只好把聯繫的情況大致說了說。

「嗨呀呀，多大點事！聯繫不上就聯繫不上唄！本來我也就不想讓你去呢！好啦好啦，不生氣啦！」賈思甯邊說邊拍拍周克的臉，又伸嘴親了他一下。看周克氣消了，兩個人這才進了臥室。

臨睡前，賈思甯忽然撲哧一笑，說：「你猜我跟和紘今天吃食堂花了多少錢——五十六。和紘還說，老媽，我爸那邊的一百塊錢還沒掙回來呢，咱們這邊就花出去五六十，天天這樣下去行嗎？」

周克也笑了，說：「那看樣子，我明天還是得把那一百塊錢掙回來才行……」

4

此後幾天，周克沒再去飯店聯繫。

他在樂團把自己以前丟掉的民族樂器又試了一遍，最後決定還是重新把管子再揀起來。他以前練的就是民族樂器，回頭再揀雖然有基礎，但畢竟丟了多年，還真得下工夫再練一練。差不多一個禮拜，他天天練，慢慢感覺又找回來了。

這天晚上，他再次來到那家涉外飯店。

那位又高又瘦的餐飲部經理一見是他，很高興地說：「周老師，你今天可來巧啦！我們預約的一個黑管演奏家沒來，你能不能頂替一下，救救場？」

周克說：「哎喲，我今天沒帶黑管。」

經理說：「樂器不成問題，我負責找。你是不是準備一下，時間已經快到了。」

周克猶豫了一下，說：「不過我好一陣沒摸黑管了，今天……」

經理以為他在猶豫別的，說：「周老師，今天算你幫我的忙，報酬從優，一晚上三百元，怎麼樣？今後我也給你這個價。」

周克就笑了，說：「不是錢的問題。你上次不是問我有沒有絕活嗎？我倒是準備了。但是不是絕活，不敢說。」

經理高興地說：「那更好啊！你說說，什麼絕活？」

周克就拿出帶來的管子，向經理做了簡要介紹。經理顯然對這種民族樂器不甚瞭解，將信將疑地說：「我還真是第一次見到這種樂器。這樣吧，反正換別的時間也來不及了，你就試一試吧。」

這一試不得了，引起全場轟動！

周克穿著一身中式衣服。他沒有像別的樂手那樣站著或者坐著吹奏。他一上場，就把給他準備好的那把椅子上的座墊拿下來放在地上，然後盤腿打坐在上邊。這個動作引起一陣笑聲。旁邊的兩個服務小姐也偷偷笑了。餐飲部經理看著他，心裏捏了一把汗。周克坐好後，合目沉思，嘴唇抿著管子找了找感覺，深吸了一口氣，隨後雙腮微鼓，一陣獨特的，悠遠舒緩的樂聲，便在餐廳上空飄盪開來。

「江河水」。

又是「江河水」。

時而細流淙淙，時而大浪奔湧；時而輕音悄語，時而穿雲裂石。也許因為是家涉外飯店，以前演奏的都是西洋樂曲。今天猛不丁來了曲中國民樂，而且演奏者又拒絕站著或者坐在椅子上演奏，而是盤腿坐在地上。大家就覺得格外新鮮。就餐者中有不少外賓，往日就餐時並不怎麼留意舞臺上的演奏，但今天不一樣了，今天不論是英國客人、美國客人還是加拿大客人，一律都把臉扭向舞臺。臉上的表情有欣賞也有茫然，他們大概邊聽邊在心裏嘀咕：這種比黑管短了兩三倍的中國樂器，怎麼可能發出如此高亢神奇的聲音呢？剛才還偷著笑的服務小姐不笑了，凝神注視著啼聽著。

本來心裏為周老師捏了把汗的餐飲部經理，這下也放心了，並決定與周老師長期簽約。

一曲終了，掌聲雷動。輕易不伸大姆指的英國客人、美國客人和加拿大客人，也紛紛伸出大姆指說ＯＫ。甚至有兩位還走上舞臺，非要近距離欣賞一下這種神奇的中國樂器。見觀眾反應如此熱烈，周克又加演了一曲「陽關三疊」。

最後，餐飲部經理給周克的報酬是五百元。周克只接了三百，他說：「講好是三百，就三百吧。這大概已經比我的同行高出不少了。」餐飲部經理大概第一次遇到這種嫌他給錢給多了的人，大為感慨也大為感動，說：「周老師——以前我叫你周老師那只是客氣，現在我叫你周老師是敬重您！這樣吧，今後您想天天來演奏也行，想隔天來演奏一次也行。」

周克說：「別排那麼密吧？我每週二四六各來一次，行不行？」

餐飲部經理很痛快地說：「行！隨您！您如果有時間想去其他飯店演奏，我還可以幫您聯繫。」

回到家裏，周克把錢交給老婆。賈思甯接過錢，問：「聯繫上啦？」

周克嗯了一聲，然後把大致情況講了講。賈思甯聽後，就高興地盤算上了，說：「行，每週去演三次，三四一十二；每次三百，一個月就三千六！可以老公。那我明天就去雙安逛一逛，把上回看上的那件衣服買回來吧？」

周克說：「那件衣服不是一千多嗎？」

賈思甯說：「沒那麼貴！打完折才七百多。」

周克說：「那這三百也不夠呀？」

賈思甯說：「是啊，一個三百是不夠呀！可是你不是還會源源不斷地三百三百往回掙嗎？先把家裏的錢墊上不就行了？你這麼聰明的人，怎麼連這個帳都不會算？」

女兒和紘聽到了，也過來湊熱鬧說：「老爸，還有我呢！你掙錢也不能光讓我媽一個人花！你答應我的數位相機，現在也該兌現了吧？」

周克就苦笑了一下，說：「得！我這邊剛掙回來一個三百，妳們母女那邊就已經把三千預支出去了！」

5

這天是週日，周克帶著老婆女兒回老丈人家。

周克是個孝子，每年元旦、春節、五一、十一和老母親生日，都要給家裏寄六百塊錢。賈思甯說他，你孝順你媽我沒意見，但是你打算怎麼孝順我爸我媽？周克說，你爸你媽又不缺這幾百塊錢！賈思甯說，我爸我媽的錢是我爸我媽自己掙的，與你這當女婿給的錢不一樣！周克說：那總不能每給我媽寄一次錢，也給你爸你媽寄一次吧？賈思甯說，幹嘛要那麼麻煩寄呢？你把錢給我，我給我媽帶回去不就行了？周克就說，這樣吧，妳們姐妹倆，妳出嫁了，思靜又經常不在家，爸媽老倆口在家也挺寂寞的。我這邊每給我老娘寄一次錢，就陪著妳回家看一次丈人和丈母娘，這總可以了吧？賈思甯說，不行，人也得回去，錢也得給，誰讓你做了我們賈家的大女婿呢！不過後來賈思甯又改了主意，說，算啦，錢就別給啦。但人得回去。不能給你媽寄一次錢才回去一次，最起碼每月得回去一次。周克說行行行，我巴不得多回去幾次呢！起碼去了不用我做飯！嘴上是這麼說，但實際上每次去了都是周克下廚房。

賈思甯父母住在北太平莊附近的一個大雜院裏。三室一廳，面積大約有八九十平米。對賈思甯父母那一代知識分子來說，當年能分到這樣的住房已經相當不錯了。當然現在看上去，佈局設計都已經落後了。賈思甯的父親賈鶴鳴拍了一輩子新聞紀錄片，曾參加過中國第一次原子彈爆炸的攝影工作。母親鄭雅愛畢業於赫赫有名的北京大學圖書館系，卻平平凡凡地做了一輩子資料員。周克對丈人丈母娘很尊重，老倆口也很看重他們這個女婿。周克和賈思甯帶著女兒按門鈴時，賈鶴鳴正在客廳練字，老伴在旁邊替他壓著紙。門鈴是和紘按的，鄭雅愛一聽到門鈴聲，就說：「準是思甯他們來了，你聽這門鈴按的！」

鄭雅愛開門，和紘第一個喊：「姥姥好！」邊喊邊抱住奶奶親了一下。周克第二，叫了聲：「媽！」賈思甯第三，也叫了聲媽。鄭雅愛答應著，臉上樂成了一朵花。幾個人進了客廳，和紘叫過姥爺後，問小姨呢？姥姥說小姨出去了，可能中午才回來。和紘就跑到思靜的屋裏上網去了。賈鶴鳴與女婿女兒打過招呼後，就讓周克過來看他的字，說：「你看爸這字怎麼樣？有沒有進步？」

賈思甯在一旁故意大聲對周克說：「只准說好，不准說壞。」

賈鶴鳴笑著說：「這叫什麼話？好就是好，壞就是壞，實事求是嘛！」

鄭雅愛也笑著說：「你爸嘴上說實事求是，其實心裏想的是讓你說好。周克，你就揀好聽的給你爸說幾句。」

賈鶴鳴說：「你們都別搗亂，讓周克自己看，自己說。」

周克心裏有數，但表面上裝得挺認真。他看了看，忽然很嚴肅地說了一句：「不對。」

賈鶴鳴一愣，問：「哪兒不對？是哪個字寫錯啦？」旁邊的人也都有些緊張。

周克說：「字倒沒錯。但我發現爸的『體』變啦。爸，你是不是改練顏體啦？」

賈鶴鳴問：「你看出來啦？」

周克說：「我不能確定，但感到有些像。」

賈鶴鳴這下高興壞了，說：「你能感到有點像，就說明我這些天的工夫沒有白下！古人說的，

『吾兒習字用盡三缸水，唯有一點像羲之。』我這才練了兩個禮拜，我女婿就能看出我是在練顏體，看來不是一般的有進步，是大有長進！」賈鶴鳴自己說著也忍不住笑了。接下來又跟老伴說：「妳去超市買些半成品菜吧。記著買條活魚。中午我得和周克喝兩口。」

賈思甯攔住母親，說：「媽，什麼都不用買啦，魚和菜我們來時已經買好了。一會讓周克去做。他一貫愛表現，就讓他表現表現。」

母親說：「這孩子，一點也不懂得心疼人。妳不心疼，我這當丈母娘的還心疼女婿呢！魚呢？我先去收拾吧。」

賈思甯說：「媽，不是我不心疼他。我是怕你給他慣下毛病，將來回去後他不習慣上廚房怎麼辦？」說完咯咯地笑了。接著對周克說，「行啦，今天給你放半天假，我和媽先去廚房準備。你繼續在這裏恭維爸爸吧！」

6

這邊飯菜剛做好，那邊賈思靜正巧趕回來。進門一吸鼻子，說：「好香！是我姐夫和我姐他們來了吧？」賈思甯正好端著兩盤菜從廚房出來，一邊把盤子往妹妹手裏戮，一邊說：「接著！妳的貓鼻子可真尖！這邊魚剛做好，妳就聞到味跑回來了！」

賈思靜一邊接過盤子，一邊說：「那沒辦法，本小姐就有這個口福！」說著伸鼻子聞了聞盤子裏的魚，又說了句真香！接著又對著廚房裏邊嚷：「姐夫，你辛苦啦！」

周克就在廚房裏答應了一聲。賈思靜把盤子放到餐桌上後。突然發現和紘不在，就又嚷起來：「和紘呢？是不是又跑到我屋裏上網去啦？和紘，上次妳把我的網頁弄亂我還沒找妳算帳呢！」

和紘就在那間屋子裏喊：「不會啦小姨，今天我什麼都沒動，不信妳來檢查。」

菜上齊了，又開了瓶紅酒和一瓶白酒。一家人高高興興圍了一桌。周克要倒酒，和紘搶過酒瓶說我來我來。酒倒好了，賈思靜說，不過年不過節的，以什麼名義喝酒啊？周克說：以生活的名義。說著舉杯，對丈人丈母娘說：「爸，媽，我先敬你們二老一杯。祝你們健康長壽！」說完舉杯一飲而盡。丈人丈母娘高興地說好好，也喝了一口。

和紘說：「媽，該妳啦。妳下來該小姨，小姨下來該我。妳們抓緊時間，我都等不及了。」

賈思甯說：「我說什麼呀？周克都替我說了。思靜，妳先說吧。」

賈思靜說：「那我得先敬姐夫！我天天跟爸媽在一塊，他們煩都煩死我了，巴不得趕緊把我嫁出去。我知道姐夫不煩我——姐夫，你不煩我吧？」

周克就笑，說：「不煩。」

賈思甯說：「豈止不煩，妳姐夫還挺喜歡妳呢！」

賈鶴鳴鄭雅愛就笑了，說：「你瞧這當姐的！」

賈思靜說：「姐夫，我姐嫁給你，是我姐的福氣，是我爸我媽的福氣，也是我的福氣。真的姐夫，我不是恭維你。別的不說，單說你們每月這樣舉家合口回來一次，就有很多男人做不到！你不知道，你們回來一次爸媽有多高興！我有多高興！因為咱們一家人在一塊說說笑笑吃飯喝酒，什麼別的目的都沒有，就是為了高興！就是為了快樂！現代社會，差不多人人都有煩惱。老人有老人的煩惱，年輕人有年輕人的煩惱，小孩有小孩的煩惱。所以每個人都需要快樂！所以我要感謝你姐夫，感謝你對我姐的愛，感謝你給我們帶來的快樂！」賈思靜說完一飲而盡。

賈思甯差不多是吃驚地望著妹妹，不明白妹妹怎麼會生出這麼一番感慨，冒出這麼一通「宏論」。老倆口也看著這個女兒，好像不認識了似的；和紘也不亂喊亂叫了，說：「小姨，妳這陣是不是讀研究生去啦？怎麼突然變得這麼深刻，把我想說的話都嚇回去了！」

周克趕緊陪著小姨子喝完杯中酒，笑了一下，說：「謝謝思靜。既然思靜這麼說，我也免不了發點感慨吧！思靜說的對，現代社會人人都有壓力都有煩惱，所以人人都需要快樂。就像剛才爸爸寫的字。其實我對字並沒有研究，只是看過幾種字帖，大體上能分出魏碑顏體而已。我剛才並不是哄爸爸高興，爸爸的字的確有長進。我舉這個例子是想說，其實思甯說的那句『只准說好，不准說壞』是挺有道理的。為什麼只准說好不准說壞？因為她愛爸爸，她想讓爸爸高興，所以才讓我這麼說。與這種愛相比，字好字壞有什麼關係？」

周克說到這裏，頓了頓，自己給自己上滿杯中酒，又繼續說：「爸，媽，剛才思靜說到我和思甯，說到我對思甯的愛，這我得再敬你們二老一杯。」周克說著，喝了杯中酒，繼續說，「爸，媽，我敬你們這杯酒，是因為我從內心感謝你們，感謝你們生養了思甯這麼好的女孩——當然還有思靜。思甯和思靜都是這個世界上最漂亮、最優秀、最單純的好女孩。我娶到思甯是我的福氣！我為她做什麼都是心甘情願的。因為我只有一個目的，就是讓她快樂！」周克說著又喝了一杯。

丈人丈母娘被感動了，點著頭說好好好。老丈人的眼角還帶了淚，不好意思地把臉扭了過去。賈思甯姐妹倆也被感動了。賈思甯的一隻腳在餐桌下偷偷踢了周克一下，表示對他的親密感謝。賈思靜發現了，說：「姐，還偷偷摸摸幹嘛呀？妳應該當眾親姐夫一下才對！」剩下和紘，和紘說：「爸，還有我呢？你怎麼沒說愛我？」周克撫摸著女兒的頭，說：「爸爸愛妳！爸爸愛咱們這個家所有的人！」

女兒說：「我也愛爸爸，愛咱們家所有的人！」

臨走的時候，賈思甯才想起給爸媽帶的那些藥材。賈鶴鳴一看那幾樣藥材，又聽說是女婿那個當和尚的弟弟帶來的，便說：「這可是寶貝。妳媽腿有風濕，用三七磨成粉調上酒擦，肯定能見效！」

第五章

1

北京佛樂團圓滿結束赴台灣等地的演出，於四月上旬回到北京。

佛樂團的這次巡迴展演獲得巨大成功，在世界佛教界產生廣泛影響。同時也為促進海峽兩岸人民的交流瞭解做出了貢獻。佛樂團回京後，相關部門給他們以應有的表彰和獎勵。並安排樂團的京外僧眾在京遊覽休息幾天。敬弘法師正好利用這幾天時間，了卻自己那個心願。

敬弘法師決定先到哥哥家裏，上網查查相關資訊。

傳達室的張師父又把他攔住了。但這次不是不讓他進去，這次張師父是攔住他要和他說話。張師父說：來啦——你是周克的弟弟吧？敬弘法師說了聲是。張師父說，我看了電視裏你們巡迴演出的報導，挺好的。敬弘法師說謝謝。這時旁邊又有幾個人圍上來，一位女士——就是上回悄悄問過周克的那位女士，也認出了敬弘法師，說：喲，這不是周克的弟弟嗎？你們演出回來啦？敬弘法師說是。女士又說：下回佛樂團在北京演出的話，設法弄兩張票可以吧？沒關係，你把票給你哥，我到你哥那兒去取，我和你哥挺熟的。張師父就攔住她，對敬弘法師說：行啦行啦，你趕緊去吧。還記得你哥的樓門嗎？要不我帶你去？敬弘法師笑笑說記得。然後說了聲謝謝，離開傳達室，往哥哥家那棟樓趕去。

2

周克不在家裏。賈思甯與女兒正在家裏為晚飯的事拌嘴。周克現在火得不行，幾乎每天晚上都要去趕場子演奏。這樣一來，家裏賈思甯和女兒的晚飯就成了問題。賈思甯有時回來得早，想做了就動手做一頓，有時回來晚了或者累了，就和女兒吃食堂。開始女兒還能接受，但是連著吃了一兩個禮拜的食堂，女兒不幹了：

「老媽，妳也太不像話了吧？」

「我怎麼又不像話啦？過來，先給老媽我捶捶腰！」賈思甯說。往常這個任務是周克的，現在落到女兒身上了。

女兒就過來一邊給她捶腰，一邊說：「給妳捶腰可以，但是再吃食堂不可以！天天吃食堂，食堂那破水煮魚和燒茄子我都吃膩了！」

「那妳想吃什麼？想吃什麼等禮拜六讓妳爸給妳做——別說妳食堂吃膩了，老媽我也吃膩啦！」

「妳就不能做一頓？」和絃說，手上不自覺加了點力。

「輕點！這死丫頭！我在學校累了一天，回來腰都快斷了，妳爸都知道心疼我，妳怎麼就不知道？」賈思甯說。

和絃說：「我爸和我都心疼妳，那誰心疼我？」

賈思甯就笑，說：「等你將來找了老公，讓妳老公心疼妳去。」

女兒也氣笑了，手上加力捶了兩下，說：「氣死我啦！世上哪有妳這樣當娘的！」說完不給當娘的捶腰了。賈思甯扭了扭腰，覺得舒服多了，說：「謝謝啦！要不咱娘倆去外邊吃吧？」女兒說：「算啦，現在外邊也沒什麼好吃的。今天我就心疼妳一把吧！我給咱們做個咖哩菜怎麼樣？」——女兒現在就會做兩個菜，一個咖哩，一個水果沙拉。是小朋友一塊過生日時學會做的。

賈思甯說：「行啊行啊！妳做什麼，我吃什麼，老媽要求不高。」

和絃學著周克的口氣，說了一個字：「懶！」說完繫好圍裙，進廚房叮叮咣咣切蘿蔔剁肉幹開了。

正在這時，門鈴響了。

賈思甯開門，一看是周凱，愣了一下，隨即說：「快請進請進！」

周凱叫了聲嫂子，隨後問：「我哥呢？」

賈思甯說：「你哥還沒回來。快坐。吃飯了嗎？」

周凱說：「吃過了。」

和絃在廚房聽到動靜，以為是爸爸回來了，喊：「老爸，你老婆越來越不像話啦！天天帶我吃食堂，今天又逼著我做飯侍候她……」

賈思甯給弄了個大紅臉，急忙打斷和紘，說：「和紘，胡說什麼！是妳叔叔來啦。」邊說邊推開廚房門。和紘這下也有些不好意思，說：「是叔叔呀！叔叔好！」周凱一看和紘穿著做飯圍裙的樣兒，差點也笑了。說：「叔叔想請妳幫忙從網路上查點東西，不知妳方便不方便？」

和紘說：「沒問題沒問題！想查什麼都沒問題！」

賈思甯一看這種情況，忙從女兒手裏接過廚房的活，不好意思地說：「行啦，我來吧。你幫你叔叔上網查東西去吧。」

和紘就領著周凱進了小屋。和紘打開電腦，上網後，問：「叔叔，你想查什麼？」

周凱說：「妳幫我查一下中華骨髓庫的資料。」

和紘想問什麼，又沒有問。她敲了幾個鍵，中華骨髓庫的資訊出來了，但是只有一個熱線電話，而且後邊註明不接受私人查詢，只接待醫院醫生的查詢。

「妳再看看別的，有關捐獻骨髓方面的資料。」

和紘又看了叔叔一眼，想問什麼，又沒有問。她又敲了幾下，連著調出來幾條關於骨髓捐獻的資訊。周凱拿筆記了一個電話和位址。

周凱查完後，要走。賈思甯說等等吧，你哥過一會就回來。周凱說不等啦，我明天還有些事情要辦。賈思甯問他還在北京待多長時間？周凱說還停兩三天。賈思甯說要不你哥回來我給他說說，咱們這兩天約個時間，一塊吃頓飯。周凱說不用了。他辦完事後就離開北京。賈思甯很想問他現在到底在哪座山哪座廟裏出家，但張了幾次口都沒好意思問。周凱說完沒有停留，走了。

周凱走後，賈思甯問女兒：「妳叔叔讓妳上網查什麼呀？」

和絃說：「我也弄不清楚，好像是關於骨髓捐獻方面的。」

賈思甯奇怪地問：「什麼？捐獻骨髓？他查這個幹什麼？」說完又自言自語地說，「連和尚也知道上網查東西，現在時代可真是進步了！」

和絃說：「這有什麼稀奇呀？我看的一份雜誌上說，一些寺廟裏不但配有桌上型電腦，和尚出門時，還帶著掌中寶或者筆記型電腦呢！」

3

弟弟周凱去家裏查資料時，哥哥周克正在那家涉外飯店的餐廳演出。

小舞臺上不是周克一個人在演奏。周克現在搞了個民樂三人組合，他為主，吹管子，另外兩個人一個老杜，一個老劉，都是管弦樂團退休的老同志。周克當年剛到樂團時，老劉老杜帶過他一陣。現在在家閒著也是閒著，手頭又都不怎麼寬裕，周克就把他們動員出來，一個吹笙，一個吹笛子，一晚上六百元，三個人均分。老劉老杜開始不同意這樣分，說，你還拿你的三百吧，我們一人一百五就行了。周克說：那幹嘛呀？有錢大家賺，就這樣了！老劉老杜就很感慨，說：現在這個社會，像周克這樣念舊的年輕人，不多啊！

周克在臺上演奏，離小舞臺不遠處一張小餐桌旁，一個穿得珠光寶氣的女人不住地拿眼睛看他。這個女人連著點了兩遍「江河水」，又讓服務生代她向周克獻了一次花。服務生獻花的時候，特意對周克說了句什麼，周克就朝這邊看了一眼，並說了聲謝謝。老劉老杜看出點什麼，就在一旁偷著樂。

演出快結束時，那個女人把服務生叫過去，悄悄說了兩句，然後自己就上樓回房間去了。演出結束後，那個服務生就過來對周克說，一位客人想請他去房間為她單獨演奏一曲，開價三千元。周克說：好啊，給這麼多錢不賺白不賺！一塊去。但是那個服務生攔住老劉老杜，說客人只點了周先生一個人去。老劉老杜就笑，對周克說：那你就單槍匹馬去吧，反正不是什麼壞事。

周克就去了。他已經猜到是那個女人了，心裏多少感到有點不對頭。但畢竟有三千元在那裏誘著，心想我一個大男人，妳一個女人還把我吃了不成？就按服務生說的房間號碼，來到十六層六號房間門口。敲門前他自己給自己壯了壯膽，心裏還底氣挺足，等敲響門，聽到裏邊嗲裏嗲氣的一聲「請進」，他全身就打了個激靈；推開門，一看那個女人穿一身差不多透明的薄紗，他像看見妖怪似的，慌裏慌張說了句對不起，又莫明其妙地向「妖怪」鞠了一躬，然後扭身就跑。結果連電梯也忘了乘了，連滾帶爬從十六層一直跑到一層。喘氣喘了十來分鐘，心還跳得咕咚咕咚。

4

當晚回到家裏，周克就把這事當笑話給賈思甯講了。

他開始沒講，開始他還提醒自己這事不能跟老婆講。是後來實在憋不住才講的。周克回到家裏時和紘已經睡了。他洗完澡上了床，賈思甯就趴在床上，一邊讓周克給她揉背，一邊就對他說了弟弟周凱來過的事。周克聽了也覺得挺奇怪，想不明白弟弟從網路上查捐獻骨髓的資料幹什麼。「莫不是他想給什麼人捐獻骨髓？」賈思甯說。周克說：「哪有可能。」賈思甯又說：「會不會是周凱這次在台灣演出時，遇到什麼患白血病的病人了，就想把自己的骨髓捐獻給他？」周克說：「那不可能！捐獻骨髓又不是捐血，只要血型一樣，隨便抽幾百毫升就行。據我所知，骨髓配對挺複雜的，哪能是看見一個白血病人就能配上，就能捐獻。」

賈思甯說：「那倒也是。」說完翻起身，說行啦，我給你按按腦袋，睡吧。這是兩口子的慣例。周克晚上睡眠不是太好，每晚周克給她揉完腰後，賈思甯都要給他掐掐頭上的幾個穴位，幫他改善睡眠。賈思甯一邊給周克掐腦袋，周克就憋不住笑了。賈思甯就問他：「你笑什麼？」

周克趕緊止住笑，說：「沒什麼沒什麼。」

「沒什麼你笑什麼？肯定有什麼好事，說出來讓我也高興高興。」賈思甯說。

周克沒辦法，就只好把晚上那個女人的事說了。他是當笑話講的，賈思甯開始也一邊聽一邊樂，但樂到後來卻不樂了，說：

「不對！這件事你前半部分講的是真的，後半部分是假的。你肯定進房間啦！我還不瞭解你們男人，個個都是見了女人就像蒼蠅見了血似的，哪裡有扭身便逃的道理。你老實交代，是不是進房間啦？是不是還幹了別的事？」

周克就悔得抽了自己一嘴巴，說：「老婆老婆，老婆大人！妳這不是逼良為娼嗎？早知道這樣我就不告訴妳了！」

賈思甯就笑，說：「敢！第一，今後還得這樣即時彙報；第二，不准進房間給客人單獨演奏。男客人不許，女客人更不許，給多少錢都不許！」

周克就又抽了自己一嘴巴，說：「好好好，遵命！」

5

第二天，敬弘法師按照昨天抄下的地址，找到北京大學人民醫院血研所。

和那天的情況一樣，醫院的門衛開始也不讓他進去。旁邊來往的人中有人說：「怎麼回事！和尚化緣怎麼化到人民醫院來了？」他解釋了好一會，門衛才放他進去了。

但是接待他的老醫生十分熱情。聽他講明來意後，老醫生說：

「師父你請坐！你可能對捐獻骨髓的步驟還不很瞭解。捐獻骨髓與捐血並不是一回事。捐血比較簡單，抽幾百毫升就行了。捐獻骨髓比較複雜。第一步，要在志願者前臂靜脈中抽取5ml血液化驗白細胞抗原（HLA）一類分型，檢驗結果儲存於骨髓庫資料檢索中心，供患者查找；與患者初步配型相同的志願者，骨髓庫將通知您做HLA二類分型檢測（再次在前臂中抽取5ml靜脈血）；如志願者與患者的HLA分型完全相同，醫院的醫生將向您詳細說明造血幹細胞捐獻的全過程包括注射生長因數的副作用以及移植對病人的重要性，並再次徵求您的意見，同時安排志願者做健康體檢；捐獻前每日注射一次生長因數，連續四到五天。由於注射了生長因數，造血幹細胞將大量繁殖，生長因數使骨髓釋放出大量造血幹細胞進入血液循環中；造血幹細胞通過血細胞單採技術獲得，這與從血液中採集血小板的方法完全相同。血液從一個手臂靜脈中流出，通過導管流入單採機中分離出造血幹細胞，其他血液成分將通過導管和採血針流回另一手臂靜脈，整個採集過程在全封閉的狀態下進行，時間約三到四小時。您將很快恢復正常，由於不使用麻醉，您無需住院，在造血幹細胞採集後一到二天，副作用將完全消失……當然，在進行第一步之前，必須與骨髓捐獻志願者簽署同意書。師父你是不是再考慮一下？」

老醫生說著，拿出一份制式的同意書遞給敬弘法師。敬弘法師看了一眼，說：「貧僧決意獻髓，不會反悔。」說完在上邊簽了字。

隨後按照骨髓捐獻的步驟，老醫生先對敬弘法師做了必要的體檢，然後抽了5ml血。並將檢驗結果儲進中華骨髓庫資料檢索中心。

這可能是中華骨髓庫第一例由出家人提供的骨髓血樣。

老醫生代表中華骨髓庫和未來那位可能的受捐人，向敬弘法師表示謝意。敬弘法師臨走時，留下了哥哥家裏的地址和電話。

6

兩天後，敬弘法師離開北京前，打電話把這件事告訴了周克。並告訴哥哥他留的是他的電話和地址。周克說：「這是件好事。但是萬一有了適配者，我怎麼和你聯繫？」

敬弘法師說：「萬事隨緣。到那一天，我會趕來的。」

周克聽得懵懵懂懂，對旁邊一塊聽電話的賈思甯說：「這什麼意思呀？好像冥冥中，他已經知道要把骨髓捐給誰了。」

賈思甯說：「有可能。要不然什麼叫緣呢？」

第六章

1

台灣高雄，孟千玨家裏。

屋子裏，女孩孟千玨在看著手裏的一串佛珠發呆。

這串佛珠，與那天那個僧人掉在地上的那串佛珠幾乎完全一樣。一色的黑色瑪瑙珠中，有一個碧綠的貓眼石。這串佛珠是奶奶送給千玨的。奶奶說這串佛珠就像別的孩子脖子上的長命鎖一樣，是保佑千玨的護身符。

看著佛珠，孟千玨就想起那個僧人。想起他們那天的巧遇，也想起他吹奏管子時的情形。她以為她已經把他忘了，現在才明白自己並沒有忘掉他，也不可能忘掉他。前些天，她從網路上看到一則消息，說大陸佛樂團圓滿結束了在台灣等地的巡迴展演，已經回到北京。她看到這個消息後忽然產生了一個想法：想去北京再見他一面——她說不清為什麼，就是覺得想再見他一面，想聽他再吹一遍「江河水」。這段時間，她的病情一直不穩定。冥冥中，她總覺得這個僧人與自己有某種緣分。好像只有他能治好她的病，只有他能救她。至於為什麼會產生這種奇怪的想法，她說不清。

這天，她把自己的想法告訴了哥哥孟千雄。

哥哥感到很吃驚，說：「阿玨，妳是不是發燒說胡話呀？這怎麼可能呢？一個與妳毫無干係的僧人，他怎麼可能治好妳的病？」

孟千玨拿著手裏的佛珠給哥哥看，說：「哥哥，你忘啦？那天他掉的那串佛珠，是不是與我這串佛珠一模一樣？」

千雄看看佛珠，想了想，說：「真的，我想起來了，兩串佛珠倒真是一模一樣。不過這也說明不了什麼。只是一種巧合而已。」

孟千玨說：「這也許是巧合。但是這麼多年，奶奶和我去了那麼多的寺廟，見過那麼多的僧人，怎麼就沒有遇見一個有這種佛珠的僧人呢？」

千雄說：「但是憑這串佛珠，也不能說他就會治病，就能治好妳的病啊？」

孟千玨說：「我只是這樣覺著。其實他會不會治病都沒關係。我只是想再見見他，再聽他吹吹管子。」

千雄說：「妳想什麼想？妳怎麼可能再見到他？怎麼可能再聽到他演奏？」

孟千玨說：「我去找他。」

孟千雄說：「什麼？妳去大陸找他？妳是說胡話還是開玩笑？妳現在身體這種狀況，怎麼能出門跑哪麼遠的路呢？再說，奶奶也絕不會同意。」

孟千玨說：「奶奶我負責說服；只要你同意。」

千雄說：「我不同意！」

孟千玨抓著千雄的胳膊搖著，跟哥哥撒嬌說：「好哥哥，妹妹求你啦！」

孟千雄拉下臉，說：「不行！妳趁早打消這個念頭。別的什麼事哥哥都可以答應妳，唯獨這件事不行！」

孟千雄說完，生氣地離開了。千玨一個人拿著那串佛珠靜靜地呆看著，眼淚不斷地湧了出來。

2

這天，周立安打電話，把孟千雄約到他在醫院的辦公室。

「怎麼回事，千雄？千玨最近遇到什麼事情，身體的一些指標怎麼突然惡化了？」孟千雄一到，周醫生馬上對他說。他剛對千玨做過檢查，發現千玨的情緒和身體狀況突然不如前幾天了。說著把幾張表格遞給孟千雄。

孟千雄大吃一驚。他一下子還沒有想到千玨要去大陸被他拒絕那件事情上。他一邊看周醫生遞給他的那幾張體檢表格，一邊問：「怎麼會呢？前一陣不是一直挺穩定嗎？」

周醫生說：「主要是情緒。我看她情緒波動特別大。是不是受了什麼刺激？」

孟千雄這才想起那件事情，便把經過大致上對周醫生講了講。最後說：「你說她現在這種情況，在這裏待著我和奶奶都不放心，怎麼可能讓她去大陸呢？」他想周醫生一定也會同意他這種意見，反對千玨的想法。

沒想到周醫生卻說可以。周醫生考慮了一下，說：「我倒認為千玨這個想法可以考慮。凡事總是有利有弊。你擔心有你擔心的道理，千玨想的也有她的道理。第一，從環境角度講，有時候變化一下環境，對病人是有好處的；第二，從治療角度看，去大陸也有好處。我們現在用的中西醫綜合療法源於大陸一家中醫院，如果千玨能直接去那家醫院診治，自然效果會更好一些。第三點，也是最重要的一點，她想去，她願意去。我覺得這一點比什麼都重要。既然這是她的心願，如果不滿足她，她的情緒自然就會受影響。我再三強調，對任何病人來說，情緒都是非常重要的。有些情況下，情緒的作用可能比藥物的作用還要大。」

孟千雄說：「可是你考慮過沒有，她怎麼去？現在兩岸這種狀況，旅遊都得繞道香港。她去看病可能麻煩更多。手續能不能辦下來還不知道。」

周醫生說：「這倒不成問題。我是考慮另外一個問題。誰陪千玨一塊去？最好的方案是我和你一塊陪她去。但我目前走不開。你呢？你能離開嗎？」

「我恐怕也離不開。是啊，這也是個問題。大陸現在的治安狀況也不知道怎麼樣，總不能讓她一個人去吧？」

「大陸的治安狀況你不用擔心，這我瞭解。大陸的治安狀況比台灣好得多。這些年單身老頭老太太去大陸省親旅遊的人不少，沒聽說過出事的。」

孟千雄忽然想起什麼，說：「唉，要不讓張媽陪著千玨一塊去。張媽人挺可靠，應該沒什麼問題。」

周醫生說：「這倒是個辦法。不過不知道千玨同意不同意？」

離開周醫生那裏，孟千雄心裏仍然猶豫不決。心想還是等回去和奶奶商量一下再說吧。

3

就在孟千雄與周醫生談話的同時，奶奶也在與千玨談話。

千玨正在奶奶的屋裏給奶奶梳頭。從五六歲開始，千玨就學會了給奶奶梳頭。這麼多年了，奶奶一有什麼心事，或者看出千玨有什麼心事，便會叫千玨過來給她梳頭。奶奶七十六歲了，滿頭白髮，但還長得很密。千玨給奶奶梳頭的時候，奶奶就閉著眼睛，全身都會覺得十分舒服。

「阿玨，告訴奶奶，最近遇到什麼不開心的事了吧？」奶奶問。

「沒有。」千玨說。那件事情她一直沒對奶奶說。既然哥哥不同意，她怕給奶奶說了，惹哥哥生氣，也惹奶奶生氣。

奶奶閉著眼，笑著說：「我們阿玨從小到大，沒有一件事瞞過奶奶，沒有對奶奶說過一句謊。今天這是怎麼啦？不想告訴奶奶，想惹奶奶生氣啦？」

千玨趕緊說：「不是啦奶奶。這件事我告訴我哥啦，我哥不同意。所以我想就沒必要告訴奶奶啦。」

奶奶說：「妳哥不同意，未必奶奶也不同意。妳說出來，讓奶奶聽聽。」

千玨還是不想說，她估計奶奶可能也不會同意。便說：「奶奶，妳就別問啦。這件事就算過去了。」

奶奶又笑了一下，說：「妳不想說，那奶奶也就不再問啦。不過奶奶倒是有件事想告訴妳。不知道妳想聽不想聽？」

千玨就笑，問：「想聽。奶奶，妳要告訴我什麼事呀？」

奶奶說：「阿玨，奶奶給妳的那串佛珠妳還戴著嗎？」

千玨說：「戴著呢！奶奶，妳想看看嗎？」千玨說著，停住手，取下那串佛珠交到奶奶手裏。

奶奶也不睜眼，手裏撚著那串佛珠，說：「阿玨，從那天看了大陸佛樂團的演出，奶奶心裏就想著一件事：這佛樂團早不來晚不來，偏偏在這個時候來，會不會與這串佛珠有什麼關係啊？會不會與我們阿玨的病有關係呀？早些年，妳爸曾得過一場怪病，背上生了一個惡瘡，百藥不治。後來就是給一位高僧治好的。那位高僧給了三帖膏藥，這串佛珠也是他留下的……」

千玨聽得目瞪口呆。那天遇到敬弘法師的事，她和哥哥都沒有對奶奶說過，奶奶怎麼會產生這麼奇怪的聯想呢？她不敢再瞞奶奶了，一下子跪在奶奶面前，抓著奶奶的手，說：「奶奶，大陸佛樂團裏有一位高僧，也戴著串和這串佛珠一模一樣的佛珠。那天我和哥哥到孤兒院送書時，還與他撞上了……」接著，千玨便把那天的事情從頭至尾給奶奶說了一遍。奶奶聽了，說：「天意，這是天意啊。」

千玨又說：「奶奶，我想去大陸找他。不管他能不能治好我的病，我都想去大陸再見他一面。」

奶奶說：「去吧阿玨。這是天意，是佛讓妳去找他的。」

千玨伏在奶奶的膝上，哭了。

4

孟千雄當天回到家裏，把事情對奶奶說了。也把與周醫生商量的結果告訴了奶奶。奶奶故意問他：「那你的意見呢？你想不想讓你妹妹去？」千雄說：「我不太放心她去。」奶奶就說：那你再去問你妹妹吧，她要是還想去，我就同意她去；她要是不想去，那就按你說的，不讓她去好了。孟千雄也鬧不明白奶奶這話是什麼意思，只好到千玨的房間問妹妹來了。

「我不去啦——你不是不讓我去嗎？還來問我幹什麼？」孟千玨裝出一臉不高興，故意說。

孟千雄說：「哥這不是擔心妳嗎？」接著把與周醫生說的話也對千玨講了。千玨就說：「連人家周醫生都能這麼想，可見你這當哥的，根本不瞭解妹妹的心！」說完後看哥哥挺尷尬的，這才噗哧一聲笑了，上前推了哥哥一把，說：「逗你玩呢，哥！」

但是說到讓張媽陪她去時，千玨又不高興了，說：「張媽走了，那奶奶誰照顧？」

千雄一想也是，老太太一個人在家裏，沒有人照顧肯定不行。而且馬上想找到一個合適的人也不那麼容易。

兩個人只好一塊去找奶奶商量。奶奶聽了，說：「要不然我也一塊去吧？」

千雄說：「那絕對不行！千玨一個去我就夠擔心了，奶奶再去，那我乾脆把公司關門，一塊陪你們去得了！」

最後商量的結果，還是讓千玨一個人先去。等這邊旅行社的事情鬆一點後，千雄再去找她。

5

事情商定之後，千雄為妹妹訂了去香港的機票。還剩了兩天時間。這天，一家人去了高雄的龍泉寺。

龍泉寺始建於清乾隆年間，因寺旁山岩中有一清泉而得名。寺裏供奉的是觀音菩薩。奶奶每年都要帶著千雄千玨兄妹倆到這裏進香。今天去，自然是因為千玨要出遠門，奶奶想給菩薩上點供，讓菩薩行個方便，關照關照。

進了大殿，奶奶焚了香，然後領著孫子孫女納頭便拜。三跪九拜後，又給功德箱裏佈施了五百元。隨後出了大殿，又進了旁邊的圓通寶殿。龍泉寺原來就一個大殿，圓通寶殿是後來新修的。圓通寶殿二樓供奉著一塊酷似觀音菩薩的鐘乳石。奶奶領著千雄千玨，免不了又是三跪九拜，隨後又佈施了五百元。

出了圓通寶殿，幾個人又到了龍目井。這裏便是龍泉寺因之得名的那個泉眼，只可惜不知因為什麼原因，泉水已經枯了。但奶奶還是拜了幾拜。隨後又在慈壽塔四周轉了轉。

在龍泉寺進完香後，已經時近中午。千雄說：「奶奶，就在外邊吃點東西吧？」千玨馬上贊成。奶奶看孫子孫女都想在外邊吃飯，她自己也很多年沒吃外邊的小吃了，便答應了。龍泉寺外邊和別的寺廟外一樣，也有一條專賣小吃的街道。幾個人揀了家乾淨些的，進去坐了。

千玨還是想吃鱔魚麵。奶奶說她也想吃。千雄說那就都吃鱔魚麵吧。三個人要了三碗鱔魚麵和兩個小菜，熱熱乎乎吃了起來。

千玨邊吃邊問：「奶奶，您剛才在大殿上香時，嘴裏唸唸叨叨說些什麼呀？」

奶奶說：「奶奶那話是對菩薩說的，怎麼能隨便告訴妳？」

千玨說：「奶奶你不說我也知道！」千玨說著，放下筷子，學著奶奶剛才的樣子，閉目合十，嘴裏唸叨著說，「觀音菩薩，保佑我孫女阿玨到大陸平平安安，早日把病治好，早日平平安安回來……您是這樣說的吧？奶奶。」

奶奶就笑，千雄也笑，說：「奶奶還說了一句話，妳剛才沒說。」

千玨問：「什麼話？」

千雄說：「奶奶還說，觀音菩薩，保佑我的乖孫女找到她要找的那個人，免得這邊的病治好了，那邊又得了相思病……」

千玨就用拳頭捶打著哥哥，說：「奶奶，您看我哥哥！奶奶，您剛才給菩薩說過這話嗎？」

奶奶也笑了，說：「奶奶說了。妳去大陸不就是為了去找他嗎？這事怎麼敢瞞菩薩呢？」

千玨就又撒嬌地抓住奶奶的手搖著，說：「奶奶，您怎麼不說我哥哥，還跟著他一塊取笑我呀？」

6

從龍泉寺進香回來的當天下午，千玨又去了仁和孤兒院。她要去那裏與小盲童告別。這一陣，因為病情反覆，千玨已經連著幾個星期沒到仁和孤兒院來了。心裏很惦記小盲童。也不知道他過得怎麼樣。

院長看千玨來了，很高興，說阿玨妳可來了，小明明天天都在唸叨妳呢！接著又告訴千玨，明明已經教四五個孤兒學會樂器，有和他一樣拉二胡的，也有吹笛子的。孤兒院準備成立個小樂隊，平常和孩子們一塊自娛自樂，有機會，還準備到別的孤兒院演出呢！

「是嗎？那太好啦！」千玨高興得跳了起來。

院長就讓她等一會，她先去給明明他們說一聲，安排一下。

過了一會兒，院長來了，有點神秘地笑著，對千玨說：「有請千玨小姐，明明他們正等著妳。」說著領著千玨進了孩子們上課的那間教室。

千玨一進門，愣住了，明明帶著五六個孩子，擺好了演奏的陣式，歡迎她。她一進教室，明明帶頭站起來，睜著瞽目朝她這邊望著，那種望比明眼人的望要感人得多。千玨的眼睛馬上濕了。明明輕聲喊了句：「一——二。」於是幾個孩子一齊，向千玨鞠躬。接下來明明說道：「歡迎妳，千玨姐姐！」接著又喊了聲：「一——二！」然後幾個孩子落座演奏起來。

是一支歡樂的迎賓曲。

孩子們演奏著。明明還像以前一樣，微微把頭斜仰著，似乎用瞽目望著遠方的什麼。臉上是一種滿足和幸福的笑容。千玨被感動了，演奏結束後，她上去擁抱了每一個孩子。不斷地說謝謝你們！謝謝你們。

最後，千玨拉著明明的手說：「明明，姐姐要離開你一段時間。」

明明問：「姐姐，妳要去哪裡？」

「姐姐要去一個挺遠的地方。」

「姐姐，那妳還會回來嗎？還會回來看我？聽我們的演奏嗎？」

「姐姐一定會回來，一定會回來看你。一定會回來再看你們的演出。」千玨說著，眼淚湧了出來。明明也哭了。別的孤兒們也都圍上來，喊著姐姐妳一定要回來。千玨擦著眼淚，說：「一定，一定，姐姐一定會回來的……」

7

這天，千玨要走了。奶奶提出要給千玨梳頭。

奶奶說：「阿玨，這些年一直是妳給奶奶梳頭。今天奶奶要給我們阿玨梳一次頭。讓我們阿玨光光鮮鮮高高興興地啟程。」

千玨坐在一個椅凳上，半偎在奶奶懷裏，讓奶奶給自己梳頭。

奶奶梳著梳著，眼淚就不由得流出來了。

千玨笑著，安慰奶奶說：「奶奶，您看您，剛說過要讓我高高興興地啟程，我這裡程還沒啟呢，您怎麼又哭了？」

奶奶就擦了擦眼睛，說：「奶奶沒哭。奶奶高興，奶奶高興。」

孟千雄再次檢查了一遍妹妹的行李。他通過中國銀行香港分行，為千玨存入了一筆美元。中國銀行香港分行與大陸銀行聯網，這筆錢在大陸任何一家中銀分行都可以提出。為了路途方便，他又為妹妹準備了些零用的美元和港幣。別的東西，是千玨自己準備的。但當哥哥的不放心，還是全部又替妹妹檢查了一遍。

一切就緒，奶奶那邊也給千玨把頭梳好了。看看時間差不多了。千雄提醒說：「阿玨，該動身了。」他去機場送千玨。奶奶本來也要去送，千玨沒答應。奶奶把千玨送到門外，揮手跟千玨說再見。千玨說再見。說完再見後正準備上車，扭頭看見迎門而立的奶奶滿臉是淚，忍不住又跑回來，撲到奶奶懷裏擁抱了奶奶。奶奶說：「去吧阿玨，菩薩保佑妳！別忘了給奶奶打電話……」

桃園機場。

候機廳裏，千玨正準備辦登機手續，周立安醫生趕來了。他把一份中醫藥方交給千玨，說：「找到那家中醫院，可以給醫生做個參考。」

千玨把藥方收好，說：「謝謝你，周醫生。」

千雄看著妹妹，心裏百感交集。本來他想陪妹妹去，無奈公司業務纏身，現在旅遊行業競爭起來越激烈，一步棋走不好就可能滿盤皆輸，他只好看著妹妹隻身前往了。當哥哥的心裏難受，臉上還不能表現出來。只好把已經叮囑多遍的話又重複了一遍，要妹妹千萬注意安全，到北京後馬上給他打電話。

「哥，知道啦！你已經說了八遍了！你再說兩遍，飛機就該起飛啦！」千玨笑著說。周醫生也笑了。

「再見！哥。再見！周醫生。」千玨搖著手，與千雄周醫生告別。

千雄，周醫生揮手，說：「再見！再見！」

千玨經過安檢。登機。一位漂亮的空姐幫她把行李放到行李架上。千玨的座位靠著窗。她坐下後，繫好安全帶。不一會兒，飛機滑上跑道，起飛了。

孟千雄透過候機大廳的玻璃牆，看著那架飛往香港的班機起飛後，才離開了。

第七章

1

兩天後，台灣女孩孟千玨乘香港飛往北京的航班，到了北京。

首都機場，賈思靜舉著旅行社的小旗，在候機廳出口處等著接香港來的一個旅行團。孟千玨沒什麼行李，出來的比較早。賈思靜覺得這個女孩挺順眼的，攔住她問了一句：

「請問，妳乘的是香港的航班嗎？」

孟千玨看了她一眼，說：「是的。」她說的是普通話，但能聽出有點台灣口音。

「謝謝！」賈思靜說。說完繼續伸著脖子往裏邊望著。

孟千玨說了聲不客氣，離開了。她走了幾步，又折回來，問賈思靜：「我請問一下，妳知道去北京佛樂團怎麼走嗎？」

「北京佛樂團？」賈思靜愣了一下，說，「聽說過。但具體在哪兒我不太清楚。對不起。」

「沒關係。」孟千玨說。說完要走，賈思靜又追過來一句，「妳可以問問出租司機，或者打114查號臺查詢一下，他們肯定知道。」

「謝謝妳！」孟千玨說。

孟千玨乘出租去市裡。開出租車的是個女司機，很熱情。她一上車就對她說：「歡迎妳來到北京！」接著問她要去哪裡？她說去北京佛樂團。說完不好意思笑了一下，覺得自己有點操之過急，剛下飛機住的地方還沒落實呢，就直奔主題要去找人，也沒想想去了以後怎麼辦。女司機說：「北京佛樂團？哎呀還真不知道。大體在什麼位置？」孟千玨笑笑，說：「我也不知道。」她忽然想起剛才那個導遊小姐的話，便拿出手機，說：「我打查號臺查詢一下。」

但是她按了兩遍號碼，沒打通。

女司機說：「別忘了按北京區號010。」

她按了區號，還是打不通。

女司機說：「妳的手機卡是外地的吧？」

「是啊。是外地的。」孟千玨說。她本來想說台灣，但話到嘴邊又沒有說。

女司機笑了，說：「那妳就別瞎忙活了。除過全球通，外地手機卡到北京是打不通的，妳得重新換個卡才行。要不妳先用我的手機打吧。」

「不用不用。」孟千玨說。又問，「在什麼地方換卡呀？麻煩不麻煩？」

女司機笑笑說：「不麻煩！滿大街都是手機店，隨便找個都可以換。也不貴，換個全球通或者神州行卡，也就六七十塊錢——對啦，我女兒說現在有個『動感地帶』，更便宜。發條信息才一毛錢。」

「謝謝啦！」孟千玨說，心裏覺得北京出租司機的態度挺不錯。

到了市裡，果真像那位女司機說的，滿大街都是手機專賣店。她挑了一家大一點的，進去換了個全球通卡，因為以後還得給家裏打電話，她怕別的卡打不通。

她用新換的手機號打查號臺查詢，查號臺說沒有登記。

她又用街邊的磁卡電話打，結果還是說沒有登記。

這下麻煩啦！到哪兒去找北京佛樂團呀？

看來得先找個地方住下來再說。

她在三環路邊找了家一般的賓館，登記後住了下來。

安營紮寨。一切安排妥當。女孩孟千玨洗了澡，在賓館的餐廳吃了飯，然後又開始找。她就不信，憑她的誠意，憑她的決心，憑她的聰明才智，那麼大一個佛教樂團，還能找不到？後來從賓館的電話簿上查到了管弦樂團的電話和位址——她想管弦樂團和佛教樂團既然都是樂團，相互間總會有點「業務」往來吧？於是就找到管弦樂團去了。

2

管弦樂團，周克與老劉下樓。

這是一座老式的六層樓，沒有電梯。周克和老劉到二層拐彎處時，迎面碰見新分配來的女孩小吳抱著個大紙箱，紙箱上邊還放著一疊報紙雜誌，正吃力地往上爬。周克趕緊上去幫忙。他從女孩手中接過紙箱。女孩先說不用不用，接著又說謝謝謝謝。周克問：「幾樓？」女孩不好意思地一笑，說：「六樓。」周克就對老劉說你先下去吧，在大門口等我一會。

老劉到大門口，正好孟千玨到了。

「老先生，請問這裏是管弦樂團嗎？」

「是啊。妳找誰？還是妳也是新分配來的大學生？」

「不是啦，」孟千玨一笑，不自覺地露出了台灣口音，「我打聽一下，老先生，您知道北京佛樂團在哪兒嗎？」

「北京佛樂團？」老劉也把這個名字重複了一遍，忽然想起周克對他說過弟弟的事，便說：「姑娘，妳是問前一陣赴台灣巡迴展演的那個北京佛樂團吧？」

「對啊對啊，就是它。」孟千玨高興地說。以為真的一下就找到了。

但是老劉接著說：「其實北京沒有佛樂團這個單位！赴台灣巡迴展演的北京佛樂團是由五臺山等七八個寺廟的佛樂團臨時組合的，展演結束後就解散，各自回各自的寺廟去了。」

「沒有這個單位？」孟千玨聽完老劉的話，一下子傻了。

「姑娘，妳找佛樂團有什麼事？」老劉關心地問。

「沒什麼。謝謝您，老先生。」孟千玨趕緊說。說完離開了。

周克過來時，孟千玨已經走遠了，周克只看到她一個背影。他問老劉：「誰呀？來聯繫工作的大學生？」

老劉說：「不是。來打聽北京佛樂團的事——對啦，你早出來一步就好了，你弟弟不是佛樂團的嗎？沒準姑娘問的事情與你有關。」

周克一笑，說：「開什麼玩笑，怎麼可能與我有關係？走吧。」

當晚，周克回到家裏後，賈思甯正在洗澡。客廳電話響了。周克拿起電話。是小姨子思靜打來的。

周克問：「找妳姐？」

賈思靜說：「不找我姐，找你！」

周克就笑，問：「有事嗎？」

賈思靜說：「怎麼，沒事我就不能給你打電話啦？誰讓你是我姐夫呢——也不主動關心關心人家！」

周克就笑，說：「想關心，可惜有心沒膽呀。」

賈思靜就在那邊格格地笑了。笑完忽然想起什麼，說：「哎，姐夫，今天我遇到一個挺漂亮的外地女孩，向我打聽北京佛樂團在哪裡——姐夫你知道吧？」

周克也覺得有點奇怪，說：「是嗎？這就有點怪了。傍晚時有個女孩，也到我們單位打聽佛樂團。不過長什麼樣，我沒見著。」

3

台灣女孩孟千玨在北京的大街上走著。

「北京真大！」這是台灣女孩孟千玨對北京的第一感覺。北京的街道顯得比高雄寬。還有一個感覺特別明顯：高雄的街道上，摩托車特別多，而北京的街道上，幾乎看不到摩托車。取代的是自行車大軍。孟千玨相信，北京一定是世界上自行車最多的城市了。

她開始有點絕望，有點灰心，但是走著走著，她又慢慢不絕望了：沒有這個單位，但是不等於沒有這個人呀？老先生不是說是由五臺山幾個寺廟的佛樂團組合的嗎？那我挨個去這些寺廟找，不就總有找著的一天嗎？

她決定先去五臺山找。

五臺山又稱清涼山，旅遊旺季是每年七八月分。千玨去五臺山時是五月分，旅遊旺季尚未到來。所以一些旅行社組織的五臺山三日遊五日遊還沒有開始。千玨本來想找個旅行社跟團去。打了幾個電話沒聯繫成，便決定自己一個人去。她想一個人去也有一個人的好處：自由，想去哪裡去哪裏；想停幾天停幾天。這樣反倒對她找人有利！

北京至五臺山的火車是凌晨三點多到的，但不是直達五臺山，中途還得換乘長途汽車。這個問題千玨沒有想到。但是也沒關係，下火車後，馬上就可以換乘上去五臺山的長途車。第二天天亮時，她便到了五臺山。

千玨在台灣時，去過不少寺廟，像台北的龍山寺、保安宮，台中的寶覺寺、萬壽宮和萬佛寺等，她都去過。對五臺山也有所耳聞。她到五臺山的第一個感覺，是這裏天特冷！五月分了，有些地方的雪還沒消。幸虧她從北京走的時候帶了件夾克衫，就這還是覺得冷，便又去一家商店買了件羊絨衫穿上了。

遊人不多，但四面八方來的僧人香客並不少。千玨找了家旅館住下後，便挨個在幾座寺廟尋問起來。她這下才感覺到，說五臺山是中華佛教第一山，的確名不虛傳。

千玨買了張五臺山遊覽圖。遊覽圖上介紹說：五臺山五峰環抱，寺廟林立，計有大小寺廟四十多處。其中以顯通寺、塔院寺、殊像寺、羅剎寺、菩薩頂等最為著名。她便按圖索驥，先到這幾處大寺裏尋訪。

一連三天，一無所獲。而且在菩薩頂，千玨還鬧了場笑話。

那張遊覽圖上說，菩薩頂居靈鷲峰頂，相傳是文殊菩薩曾經居住過的地方。清朝康熙、乾隆二帝朝拜五臺山時就住在菩薩頂。寺裏現存有康熙的題詩一首。到菩薩頂要爬一百多級陡峭的石階，遊覽圖上說是一百零八級。千玨往上爬的時候，還專門數了一下，的確是一百零八級。而且在寺裏還真的看見了康熙的那首題詩：四十餘年禮世伽，本來面目是天家。清涼無物何所有，葉閂峰橫問法華。

千玨對詩不感興趣，對康熙皇帝也不感興趣。他不是她要找的人。她正在看那首詩的時候，忽然聽到另外一個大殿裏傳來一陣佛樂聲。

佛樂！千玨立刻精神大振，馬上趕了過去。

但是那座大殿不對外開放。好像是寺廟一場「內部」演奏或者給什麼特殊人物做法事，不許外人觀看。千玨過去的時候，已經有很多人被擋在外邊，只能在外邊耳聞其聲，不見其人。千玨心想，沒準這就是五臺山佛樂團在演奏，沒準她要找的人就在裏邊！把守殿門的是一個年輕和尚。千玨想跟他求求情，讓他網開一面放自己進去。但是那個年輕和尚雙目微合，既不看她，也不聽她說什麼。後來又來了位年長的僧人。千玨便上去向他求情。老僧人看看她，說：「既是找人，妳說出姓名，待老納進去，喚他出來見妳。」千玨哪裡說得出姓名。老僧人一笑，說：「無名無姓，那就不好找了。老納也就幫不了妳了。」看千玨失望的樣子，老僧人又說：「妳不妨就等在這裏，一會兒法事完畢，眾樂僧自然要出殿，那時候妳再從中認妳要找的人不遲。」千玨一喜，連著說了兩句謝謝謝謝。然後就在大殿外等上了。一直等了兩個多小時，別的遊客早都走光了，她一個人還在外邊等著。

佛樂停了，大殿的門終於打開了。裏邊的樂僧魚貫而出。千玨緊張地看著他們。弄得那些僧人莫明其妙慌裏慌張。但是最終她沒有看見她要找的人。那位老僧人還專門過來問了她一聲：「施主，妳要找的人找到了嗎？」

這下輪到千玨不好意思了，說了聲沒找到，趕緊逃開了。

4

北京。

地鐵靠站。周克從車上下來，隨著人流向出口處走。

地鐵出口處，一個十一二歲的盲童在拉二胡。小盲童的腿上，也有一套用繩子扯著的伴奏裝置。他不斷地把小鐵筒裏的大票揀出來，裝到一個有拉鏈的帆布挎包裏。小盲童穿著一件深藍色的，五六十年代的四個兜的幹部服，和一雙很新的棉膠鞋。臉上是一種很安靜的表情。嘴唇不住地隨著音樂動著。好像在唸他拉的曲子。一個姑娘與一個小夥子經過時，小夥子掏出一元錢交給姑娘，說妳給吧，滿足一下妳的同情心。小盲童聽到動靜，用很標準的普通話說：「謝謝！謝謝！」

周克經過時，站住了。以前他經過這兒時，遇見的是一個五六十歲的老年盲者在拉二胡，今天怎麼忽然換成個孩子了？小盲童腿上那個裝置吸引了他。也許因為是搞音樂這一行的，他聽出孩子的指法雖然不很熟練，但功底不錯。尤其是孩子一直笑迷迷地睜著一雙瞽目，微微仰臉望著天空的表情，給人一種遐思和嚮往的感覺。一個盲童，一個看不見這個世界的孩子，他在遐思和嚮往什麼呢？「誰能告訴我，是對還是錯？心中渴望，美好的生活……」小盲童拉的是一首很老的電視劇插曲。周克知道這首曲子。「心中渴望美好的生活」，人人心中都渴望美好的生活，但一個盲童的這種渴望，卻讓周克尤為感動。他彎著腰，雙手扶著膝蓋，臉對臉看著盲童，一邊聽，一邊不由自主地替他糾正了幾個指法，像是在指導自己的學生。

盲童忽然停住了。他抓住周克的手，急切地說：「老師，您能收童童做您的徒弟嗎？」

「你叫童童？我姓周，你就叫我周老師吧！」周克說。他沒意識到這樣說等於收他為徒了。

「您收我做徒弟了！謝謝周老師！」童童聰明地說。

周克笑了一下，算是答應了。又問：「童童，你知道有個殘疾人藝術團嗎？」

「知道，但是我不知道怎麼才能找到他們。也不知道人家會不會收我？」童童說，像剛才拉二胡時一樣，他微仰著臉，一雙瞽目充滿神往地望著前方。

周克心裏再次一熱，說：「我想辦法幫你聯繫一下。」說著，掏出五元錢，彎腰放進小鐵桶裏。正在這時，手機響了。周克打開手機。

「哪位？」

「我。老侯。」

「是侯教授啊，有何見教？」

「聽說你最近走穴走得挺火的。週日有安排嗎？」

「沒有。有什麼事，你儘管吩咐。」

「是這麼回事。我有個朋友出了套佛教音樂磁帶，出版社要搞首發式，想在現場搞個小型的演奏會，你怎麼樣，能不能友情演奏一曲？」

「那還有什麼問題！你侯教授點將，就是抬舉我了。你說吧，幾點，在什麼地方？」

「週日上午十點。在廣濟寺。中午有頓齋飯，算是報酬。」

周克忽然有了個想法，說：「侯教授，你和殘疾人藝術團有聯繫嗎？」

侯教授說：「沒直接聯繫過。什麼事？」

周克說：「我有個小徒弟，是個盲童。拉二胡的，基礎挺不錯。想請你幫忙引薦一下。」

「以後吧，以後再找機會。」侯教授說。

小盲童聽到了，仰著臉，很甜地笑著，說：「謝謝老師。」

周克拍了拍他的腦袋，說：「以後吧，以後再找機會。」

5

孟千玨在五臺山待了三天時間，沒找到想找的人，又回到北京。她決定在北京的寺廟間再挨著找。北京找不到，再到青海那邊找。反正她相信只要有這個人，遲早有找到的時候。

這天，她去了戒台寺。

賈思靜舉著旅行社的小旗，領著一個小型的旅遊團，也在戒台寺遊玩。

「先有戒台寺，後有北京城……」賈思靜向遊客們介紹著，一些不是旅遊團成員的遊客，也在一旁聽她講解。

孟千玨聽到她的講解，她看了思靜一眼，認出她是那天在機場碰見過的導遊小姐。賈思靜也看見她了，衝她微微一笑。但等她講解完時，發現她已經不見了。

孟千玨在一座大殿裏，正在向一個僧人打聽北京佛樂團的事情。僧人微微搖頭。她出殿，又進了另外一個大殿，問一個老僧人，老僧人也搖頭。看他挺失望，老僧人說：「姑娘，妳可以去廣濟寺打聽打聽，那裏近日有場善事。」

晚上，賈思靜打電話，周克不在，賈思甯接的電話。

「我姐夫呢？」

「還沒回來。怎麼，找妳姐夫有事？」

賈思靜猶豫了一下，說：「沒什麼事。」

6

週日上午，廣濟寺。

迎門大殿的門楣上，懸著一條橫幅，上邊寫著「《中國佛樂集錦》發行儀式」。橫幅下邊擺了幾張桌子，桌子上鋪著紅布，上邊放著幾疊錄音磁帶。桌子前邊的空地上擺了五六排椅子。顯然是為來賓準備的。侯教授忙前忙後張羅著。不停地與來賓打招呼握手。周克早已到了，正在大殿裏與幾位參加演出的同伴準備著。參加演出的有俗人，也有幾個僧人。也只有侯教授能把僧俗兩界的演奏者湊和到一塊。

十點整，發行儀式開始。自然是侯教授主持。先是介紹來賓，沒想到侯教授把趙朴初的夫人也請來了。介紹到她時，所有來賓都起立，向這位中國佛教界德高望重的老人鼓掌致意。接下來由出版社領導介紹「中國佛樂集錦」的出版經過，接下來作者致答謝詞。再接下來，演出開始。先是一個小合奏，第二個出場的，是周克的獨奏：「葉裏藏花」。

所謂無巧不成書，台灣女孩孟千珏，正巧在這時候趕到了。

她站在那幾排椅子的後邊。幾排椅子都坐滿了，還有十幾個觀者站在兩側和後邊觀看演出。孟千珏到的時候，周克剛好出場。周克穿著一身純白色的中式緞衣，顯得超凡脫俗，非常飄逸。他向觀眾深鞠一躬，然後盤腿打坐在大殿前的蒲團上，輕輕試了下音，開始吹奏起來。

孟千玨看呆了：朝思暮想，萬里迢迢跑來尋找的那個人，原來就在眼前！不過她有點奇怪，他怎麼又不是和尚了呢？怎麼一兩個月工夫，頭上又長出一頭黑髮呢？這是有點奇怪，這是個問題。但是孟千玨現在顧不上考慮這個問題，他肯定就是她要找的那個人！這一點是毫無疑問的。

孟千玨目不轉睛，一直注視著周克。他演奏的曲子，她根本沒有聽到。她耳朵裏一點聲音都沒有，整個身心都注視著他。周克似乎也感覺到什麼。他演奏完畢，鞠躬向觀眾致謝時，不經意地往女孩這邊看了一眼。

「他應該認出我了！」孟千玨想。

但是周克並沒有認出她。

孟千玨以為他還會出場，但是周克演奏完一曲後，再沒有出場。

發行儀式結束，侯教授宣布寺廟備有齋飯招待大家。這時候，孟千玨看見周克又出現了。他在對侯教授說什麼，意思大概是不吃飯了，要走。只聽侯教授說：「不行不行。吃了齋飯再走！」又對這邊一大堆人說：「大家都去！進了佛門能趕上頓齋飯，是緣分也是福分，都去都去！」孟千玨看周克跟著侯教授去了，自己便也跟著身邊的幾個人向那邊走去。

廣濟寺的齋堂是長條形的，中間是過道，兩旁各有數排長條桌凳。來賓男女分開，各佔了半邊。孟千玨與周克正巧又在同一排，只是中間隔著條過道。剛才周克演出時，她可以不動眼珠地盯著他看，這會當然不行了，這會她連用眼角餘光掃他一下的勇氣都沒有了。齋飯超乎想像地豐盛，十二道菜，雖然全是青菜和豆製品，卻做得味道鮮美且花樣百出。但是孟千玨卻吃得味同嚼臘。周克好像沒注意到人家女孩這種心情，吃得津津有味心滿意足。期間還用眼角偷偷掃了女孩兩眼，可惜女孩沒注意到。

孟千玨想對周克說句什麼，但一直到吃完齋飯，她還沒有想好該怎麼說，說什麼。結果兩個人失之交臂，一直等周克出門搭上一輛計程車走遠了，她還一個人愣在那裏站了半天。

不過女孩很高興。不管怎麼，總算找到他了！而且，他原來不是和尚！這讓女孩感到奇怪的同時，也感到一種莫名的興奮。

7

「哥哥，我找到他了！而且，他原來不是和尚……」孟千玨按耐不住興奮的心情，馬上用手機給台灣的哥哥打了個電話。

給哥哥打完電話後，孟千玨步行穿過舊鼓樓大街到了二環路上，然後從那裏上了地鐵。她上車坐了兩站路，到第三站時，有個賣小報的擠上來了。個很矮，好像有殘疾。但嗓門特別亮，一口純正的北京話：「看報看報，XXX自殺啦！XX被公安局逮住啦！」孟千玨不清楚他們是什麼人，但聽旁邊的人議論，好像是大陸有名的演員和歌星。這一陣，兩個人好像都有點事，是小道新聞的焦點人物。一份報兩元錢，不算貴也不便宜。加上賣者又是個殘疾人，於是不少人紛紛來一張來一張。賣報者一邊一手收款一手給報，一邊繼續吆喝：「看報看報，XXX自殺啦！XX被公安局逮住啦！」這次吆喝完後，還不忘在後邊加了一句，「我要是胡說來找我呀！」

車到站，賣報者下車了。車上七八個買了小報的人一邊翻著小報，一邊相互問在哪兒在哪兒？XX被公安局逮住的消息在哪兒？孟千玨也湊熱鬧買了一份。從一版翻到八版，連標題都沒有找到。前邊坐位上一個老太太扭頭問她：「姑娘，妳找到了嗎？」孟千玨說沒有，她已經明白上當了。老太太說：「這不胡說嗎？」旁邊一個站著的小夥子說：「人家剛才不是說了嗎，他要是胡說你們去找他呀！」於是全車人哄地全都笑了起來。

孟千玨也笑了，心裏就想：北京人可真是幽默呀，連受了騙上了當也這麼逗，這麼高高興興。

車到站了，孟千玨下車，跟著人流到了出站口。

在出站口，她看見了那個拉二胡的盲童。

真是令人難以置信，眼前這個拉二胡的盲童，居然與她在台灣高雄街頭遇見的那個盲童一模一樣。尤其是小盲童腿上那個伴奏裝置，簡直就像是一個工廠生產的。孟千玨拿出一張十元的人民幣，輕輕放進小盲童身前的小鐵桶裏。小盲童說了聲謝謝。繼續拉著二胡。他拉的是騰格爾的《天堂》：我愛你，我的家。我的家，我的天堂……孟千玨在台灣時沒聽過這首歌曲，但她還是被感動了。她站著聽了一會，對小盲童說：「我帶你去吃肯德雞好嗎？」

小盲童說：「謝謝姐姐，妳已經給了我錢，不麻煩妳了。」他邊說邊從小鐵桶裏揀出孟千玨剛放進去的那張錢。他摸出那是一張大票，再次對孟千玨說了聲謝謝。

旁邊已經有人圍上來看熱鬧了，孟千玨不好久留，離開了。

第八章

1

接下來一週時間，孟千玨沒再遇見周克。她開始後悔那天沒有對他說話，哪怕問一句他姓什麼也好。

現在怎麼辦？只能從頭開始了。不過起碼有一點可以確定：他在北京。只要他在北京，就有再次見面的機會。

這天，孟千玨又去了一次廣濟寺，希望從那裏打聽到一點消息。但是仍然一無所獲。出了廣濟寺後，她又步行穿過舊鼓樓大街，到二環路上了地鐵。

沒想到，在地鐵出口處，她再次與周克相遇了。

2

地鐵出口處。小盲童像往常一樣拉著二胡。但是他忽然感到肚子有些疼。他堅持了一會，又拉了幾支曲子。肚子越來越疼了，他放下二胡，用手捂著肚子，開始呻吟起來，頭上滿頭大汗。幾個路人圍上來，關切地問著情況。正在這時，周克正好來了。

「怎麼啦童童？」周克問道，一邊上前摸了摸盲童的頭。

「周老師，我肚子疼。」童童說。

孟千玨這會兒也到了，她站在一旁看著。因為周克背著身子，加上她的注意力集中在小盲童身上，她沒有認出周克。

周克在童童手按著的地方摸了摸，又輕輕按了一下，童童疼得更厲害了。輕輕叫了一聲。周克心裏說了聲不好，可能是盲腸炎。他彎下腰，雙手托起盲童的身子，也沒看旁邊站著的人是誰，說了聲：「幫幫忙。」然後在那個人的幫助下一用勁，把童童抱了起來。

等他挺起身子時，才看清旁邊幫忙的是一個女孩——那個在廣濟寺遇到過的女孩！「是妳？」他驚喜地叫了一聲。孟千玨也很驚喜地說：「怎麼是你？他怎麼啦？」周克說：「可能是急性盲腸炎。快快，妳去攔輛出租車，得送他上醫院。」

孟千玨就跑到路邊攔了輛出租車。這塊地方靠近十字路口，車很堵，孟千玨幫著周克把盲童往計程車裏扶的時候，後邊堵了一長串車。

沒想到賈思靜就在其中一輛車上。她沒看清事情的前半部分，只看見姐夫和一個女孩上了同一輛計程車——不過她看得不很清楚，只是覺得那個男人有點像姐夫。

3

二十分鐘後，計程車到了一家醫院。

周克和孟千玨一起，把小盲童送進急診室。然後兩個人在急診室外邊等著。

「謝謝妳小姐。妳如果有事就去忙吧。這裏有我就行了。」周克對孟千玨說。

孟千玨說：「沒關係，我沒什麼事。你姓周？我聽他喊你周老師。那我也叫你周老師吧。我叫千玨，姓孟，你叫我孟千玨也行，叫我千玨也行。」

「我那天好像見過妳？」周克說。

「對呀！那天在廣濟寺，我看過你的演奏。我們還一塊吃過齋飯呢！」

這時候，急診室門開了，一個醫生出來問：「這個小孩是你們送來的吧？急性盲腸炎。得住院手術。你們先去辦住院手續——對啦，你們是小孩的什麼人？」

「我是他哥。」周克說。

「我是他姐。」孟千玨說。說完衝周克一笑。

醫生聽了，很生氣地說：「你們這哥和姐是怎麼當的？你弟弟有多長時間沒洗澡了你們知道不知道？行啦，你們去繳費辦手續吧，有沒有床位還不好說呢！」

4

賈思甯正在家裏做飯。

賈思甯今天心情格外好。他們參賽的舞蹈節目通過了審查，而且獲得挺高的評價。她今天很早就回家了，並且去超市買了魚和肉餡。準備做周克和女兒愛吃的丸子和魚。女兒從學校回來，看見廚房裏不是爸爸是媽媽，有些驚奇地說：「老媽，妳今天怎麼破天荒進廚房啦？」

「高興唄！怎麼，老媽給妳做好吃的妳不高興啊？」

「高興高興！我是擔心我爸——」

「擔心妳爸什麼？」

「擔心我爸知道了非高興得暈過去不可！」和絃說完，笑著跑回她的小屋做作業去了。

賈思甯嘴裏哼著舞曲，洗魚攪餡，忙活了小半天，看看菜準備齊了，用抹布擦了擦手，到客廳給周克打電話。

「幾點回來？今天我高興，讓你回來吃現成。」賈思甯興沖沖地說。

那邊周克正在醫院忙活，說：「對不起老婆，我這邊有點事，可能得晚點回去。」

「你有什麼破事？今天不是不去飯店演出嗎？」賈思甯的臉一下拉了下來。

「不是演出的事，我現在在醫院。有個朋友病了，我得幫忙照看一下。」

「那算啦。」賈思甯說。周克在那邊趕緊說妳們先吃吧，別等我啦。賈思甯說行啦你忙你的，別管我們啦。說完掛了電話，一肚子高興跑得無影無蹤。想想這麼多菜，她和女兒吃不完，就又給妹妹思靜打了個電話：

「嘴饞了沒有？饞了就過來吧。」她問妹妹。

「嘴早就饞啦。怎麼，我姐夫又做好吃的啦？」那邊思靜說。她正在一家飯店裏，旁邊還有一個女孩和兩個男士。思靜接電話時側過身子，盡量壓低聲音。

「你姐夫？你姐夫現在光顧走穴掙錢啦，把我娘兒倆扔在家裏吃食堂。今天的飯菜是我做的。妳要嘴饞就過來吧。」

那邊思靜說：「妳做的？那真是難得啊！但是今天不行了，我得陪我們領導與一個客戶吃飯。」說完又補充說，「姐，妳可得把我姐夫看緊點。我剛才好像看見他和一個女孩在一塊。不過我沒看清。」

賈思甯說：「妳姐夫和一個女孩在一塊？不可能。他在醫院呢！妳姐夫那人我還不知道——借他個膽他也不敢！」

賈思靜說：「那是——知夫莫如妻嘛！不過姐，妳也不能掉以輕心！古人有言，大意失荊州呀！」說完格格笑了。她其實也沒把這太當回事。剛才那個男人是不是姐夫，她現在也搞不清了。

5

醫院那邊。周克跑前跑後，在給小盲童辦住院手續。好在割盲腸是個小手術，只收了五千元押金。周克今天開資，把包裹的錢搜刮乾淨還不到四千元。孟千玨又墊了一千多。總算把手續辦了。沒想到把童童推到住院部那邊，人家又讓推了回來，原來童童的體溫超過37度，必須經過發燒門診檢查，排除非典才能住院。另外還要量血壓、化驗血、做心電圖。前後折騰了兩個小時，最後童童才住進病房。

「行啦，現在沒你們的事啦。你們可以走啦。」住院部的護士說。

「不用陪床嗎？」周克問。

「不用。我們這有規定，不許家屬陪床。有我們護士，你們只管放心。」

「那什麼時候能做手術？」

「最快明天上午。你們把電話留下，等候通知。」

周克和孟千玨就過去安慰了童童幾句。

「周老師，孟姐姐，我怎麼啦？」童童問他們。

孟千玨說：「你沒事，只是需要做個小手術。」

「那恐怕得花很多錢吧？」

周克說：「不用。這事有你周老師和孟姐姐，你不用考慮。」

童童說：「可是我有些害怕。我從來沒有住過醫院。我什麼都看不見，你們一走，他們會不會把我趕出去啊？」

孟千玨說：「不會的。我們明天會再來看你。一直到你的病完全好了之前，我們都會天天來看你。」

「謝謝你們！我看不見你們，但是我心裏明白，你們都是這個世界上最好的人！孟姐姐一定是最漂亮的女孩，周老師一定是最帥的男人。我愛你們。」童童說著，流淚了。

周克他們被童童的話感動了。連旁邊的護士也說：這小孩，挺會說話，挺招人疼的。又對周克他們說：你們放心走吧，我們會好好照顧他的。周克就拍了拍童童的腦袋，然後和孟千玨離開了病房。

兩個人出了醫院，周克不知道該怎麼辦了。他心裏急著想回去，但又覺得扔下孟千玨一個人，人家女孩連晚飯還沒有吃，太不夠紳士了。就說了句：「孟小姐，我請妳吃宵夜吧。」

孟千玨一笑，說：「人家一直在等你這句話。我還以為你要扔下我不管了呢！你總算說出來了。要不然，我就準備請你了。不過你別叫我小姐，叫我千玨好不好？」

周克一笑，說：「哪能讓妳請？妳說吧，想吃什麼？千玨小姐。」

孟千玨說：「我也不知道該吃什麼好——餛飩吧。」

周克說：「行。我知道一家店，挺不錯，我帶妳去——不過有兩站路，咱們坐車去還是走著去？」

孟千玨說：「走路吧，走路去好，還能說說話。」

這段路走得挺彆扭也挺有意思。

對周克來說，除當年與賈思甯談戀愛時，兩個人一塊壓過半年時間馬路外，這麼多年，他還真的沒有與別的女孩這樣一塊壓過馬路。心裏有點做賊心虛。不過他覺得這種做賊心虛的感覺挺不錯挺舒服的，有點像雞毛掃著那種癢癢的感覺。身邊有位漂亮的女孩子相伴，總歸是件令人愉快的事情。「東邊我的美人西邊黃河流」，連封建皇帝都強調這種感覺，更何況普通男人周克乎？

對台灣女孩孟千玨來說，則是另外一種感覺了。

她感到幸福。

一個心儀的男人，一個她萬里迢迢追尋的男人，一個有著一顆博大愛心的男人，現在就在自己身邊，她怎麼會不感到幸福呢？她這時候已經完全忘記了自己的病，忘記了冥冥中她追尋他的初衷。她只想讓這條路無限長，讓這種感覺無限地延續下去。

「妳是外地來的吧？」他問她。

「嗯。我是從福建那邊來的。」她說。她本來想說台灣，但臨時又改口了。

「不過我聽妳的口音，有點像一部電視劇裏台灣女孩的口音。」

「是嗎？隔海相望，我們離台灣不遠，所以口音自然相近啦。」

「來北京打工？」

「不，來找個人。」

「找人？找什麼人？」

「不能告訴你啦！」孟千玨說完笑了。周克便沒再往下問。

兩個人說著話，店到了。周克要了兩碗餛飩。孟千玨嚐了一口，就說好吃。然後就稀裏呼嚕吃了起來。倒是周克吃得有點斯文。她看著她，覺得就像有時候在家裏看著和紘母女倆興高采烈吃他做的飯菜時一樣，心裏感到一種甜蜜的滋味。這種感覺是什麼，他說不清。不過今天這種感覺裏摻著一絲擔憂：今天這件事回去怎麼對老婆說？是瞞著她還是編個謊話？

後來他們相互留了電話，並說好第二天在醫院見。

6

當晚周克到家時，賈思甯已經上床睡了。他怕吵醒她，輕手輕腳上了床。剛躺下，賈思甯醒了，說，你怎麼才回來？幾點啦？他說睡吧睡吧，不早啦。她翻過身摟住他說：給我拍拍背，我累死了。他拍著她的背，像哄小孩般哄著她說：睡吧寶貝。她就不說話了。她以為她睡著了，但是沒想到她突然又迷迷糊糊地問了一嘴：工資呢？領回來了吧？他沒想到老婆會突然問這事，撒謊說：還沒發，銀行那邊耽誤了，可能得晚幾天。她不知聽到沒有，沒再說什麼。他以為她這次是真的睡著了，就輕輕把她搭在脖子上的胳膊取下來，打算自己也睡覺了。沒想到她不讓他取，很堅決地摟著他，迷迷糊糊又來了一句：

「思靜來電話說，她看見你和一個特別漂亮的女孩在一塊。我說不可能，借你姐夫一個膽他也不敢。我沒說錯吧老公？」

賈思甯迷迷糊糊說完這句話後，徹底睡著了。但周克這下可睡不著了。心裏挺納悶小姨子怎麼會看見他和孟千玨在一塊？還有，明天兩個人約好一塊去醫院，自己去不去呀？不去童童的手術怎麼辦？去了，萬一再給小姨子或者別的什麼熟人撞上怎麼辦？

可憐周克就這樣七想八想，一夜都沒怎麼睡著。而且還不敢隨便翻身，只怕把老婆弄醒了——她要是醒了再盤根問底問下去，那自己的麻煩可就大了。

第九章

經過一夜的思想鬥爭，周克決定還是得去。

第二天早晨六點，周克起床開始準備早餐。他先把稀飯煮上，然後煎了三個雞蛋，接著又跑到院裏食堂買了兩根油條、一個糖三角和兩個豆包。外帶兩個小菜。回來時稀飯正好也差不多了。六點半，叫老婆女兒起床。老婆女兒盥洗完畢，他這邊餐桌上已經擺好碗筷，就等著全家人一塊吃了。

全家人吃早餐時，周克心裏還不踏實。他擔心老婆會提昨天晚上的事情。還好，賈思甯睡了一夜，好像把昨晚的事情忘了，隻字未提。

女兒和紘第一個吃完飯。背上書包，喊：「爸爸再見！媽媽再見！」然後開門走人。周克賈思甯說再見。周克還沒忘記補上一句：「注意安全！」

周克第二個吃完。但他不能走，他得等賈思甯吃完後把碗筷洗了再走。賈思甯最後一個吃完。吃完後又去補了點口紅，然後換鞋出門。臨出門時把鼻子往前一伸，讓周克輕輕捏了一下——這是他們的慣常禮節。說：「辛苦你啦老公！晚上早點回來。」然後飛了個吻，開門走了。

家裏就剩下周克一個人。他把餐桌上的碗筷收拾到廚房，倒上洗滌靈沖洗完畢，放進消毒碗櫃。又隨手拿起拖把，把廚房地上的水漬擦了擦。一切就緒，這才開門走人，新的一天就這樣開始了。

他給單位打電話請了假，然後直接搭車去了醫院。

2

周克趕到醫院住院部的時候，孟千玨已經在那裏等他了。

「你好！」

「妳好！」

兩個人互致你好。都沒有稱呼對方，好像有點心照不宣。

「我還以為我會早到呢，沒想到你來得比我還早。」周克沒話找話說。

孟千玨說：「我也剛到一會。」

「童童怎麼樣？妳去看了嗎？」

「護士不讓進去。說是等查完房後再讓進去看病人。」

「醫生沒說幾點手術嗎？」

「沒說。我看見他們一大幫人，到旁邊那個病房裏去了。」

正說著，幾個醫生帶著一大幫護士，從那個病房裏出來了。接著進了童童所在的五號病房。

查房醫生從裏邊出來時，周克上去問道：「請問，十一床幾點手術？」

醫生看他一眼，說：「十一床？是那個患急性盲腸炎的小孩吧？你們等著，一會護理站會通知你們。」

查房的醫生走後，護士告訴他們，可以進病房看病人了。

童童聽到他們來了，哭了。

「怎麼啦童童？」孟千玨問。

童童說：「這裏真好！我一輩子沒住過這麼乾淨的地方。護士阿姨還給我洗了澡，理了髮……」童童說著，感動得說不下去了。盲童的眼睛流淚時有一種特別感人的力量，你能感到他的無助和無奈，能感到他急切地想看到眼前的一切，但是卻力不從心。

孟千玨安慰童童說：「童童，以後姐姐和周老師會幫你，讓你一直住乾淨的地方，不會讓你再在街頭流浪了。」孟千玨說著鼻子一酸，眼淚湧了出來。

周克說：「童童，咱們先治病。病治好後，你不是想進殘疾人藝術團嗎？病治好後我和你孟姐姐就幫你聯繫。」

這時，一個護士進來通知說：「十一床，準備手術！」又對周克和孟千玨說，「你們兩位，誰跟我來一下，主刀醫生和麻醉師要找你們談話。還得簽字。」

周克說：「我去吧。」然後跟著護士進了護理站旁邊一個大房間。

雖然是個小手術，但手術的一應手續必須走全。主刀醫生和麻醉師向周克講了手術中可能出現的各種情況。最後強調說：「當然，我說的這些都是萬一。一般像盲腸這種手術，出現意外的情況極少。如果沒什麼問題，就在這裏簽個字。」

周克說沒什麼問題。然後簽了字。

手術室在九樓。這是一家正規的大醫院，不像電視裏經常出現的那樣，病人在手術室手術，親屬在手術室外邊等候。這家醫院的手術室是整個一層樓。不允許親屬在手術室外邊等候。醫院專門安排了一層地下室，讓所有手術患者的親屬都集中在那裏等候。周克和孟千珏按照護士的吩咐，乘電梯到了地下室。

他們沒有想到，在地下室等候手術結果的，會有這麼多人——差不多有三十幾個人。就是說，這家醫院在一個上午，同時要對一二十個患者進行手術。

「這麼多人啊！」周克一進去，不由自主說了一句。旁邊一個五六十歲的女同志接話說：「可不。今天還是少的，有時更多！」說完又問他，「你們領號了嗎？」

孟千玨問：「什麼號，在哪兒領啊？」

女同志說：「手術號啊？就在那個小屋子裏領。你去告訴裏邊的護士，你的病人是哪個科幾病室幾號床，她給你個號。一會按號叫。誰的病人手術完了就叫誰的號。」

周克就說了聲謝謝，去那間小屋子裏領了個號。領完號回來，那位女同志又問：「你們病人是什麼手術啊？」周克說：「盲腸炎。」女同志說：「我告訴你，一會叫號的時候，如果護士說：幾號幾號，回病房！那就沒事，就說明手術很成功很順利。如果護士說：幾號幾號，去幾號手術室，那就是有麻煩了。不過盲腸手術一般不會有事。一會肯定是叫你們直接回病房。」

周克和孟千玨同時說了聲謝謝。然後就開始等待。

他們前後等了約一個小時。

這期間，小屋子裏那個護士一會兒出來叫一個號。果然像那位女同志說的，凡是叫到號後，說：「回病房！」患者親屬便高高興興離開這裏；凡是叫到號後讓去手術室的，患者親屬的臉馬上便烏雲密佈。周克和孟千玨不由得也緊張起來，心裏只盼著護士叫到號後能說聲回病房。

終於，那個護士叫到他們了：「十二號，回病房！」

周克和孟千玨懸著的心一下子放下了。兩人高興地擊了下掌。孟千玨還跑過去對那個護士說了聲：「謝謝！謝謝！」

3

童童的手術很成功，醫生說一週後就可以出院。

此後一連三天，周克和孟千玨每天都去醫院探視童童。孟千玨好像沒什麼事，一整天都陪在醫院裏。周克一般都是上午十一點半左右到，看完童童的病情後，兩個人一塊去外邊吃頓午餐。他這樣安排，主要是這個時段屬正常午餐和午休時間，單位一般不會有事，賈思甯也不會打電話找他。

孟千玨心裏一直有個疑團，一直想提提他們在高雄孤兒院碰巧撞上那件事。一直想問問周克為什麼突然又不是和尚了。但一直沒機會說。周克哪裡知道這樁公案，哪裡知道女孩心裏這些疑問，哪裡知道她把他當成弟弟周凱了。他自然不會往這方面想。但他隱約感到這個「外來妹」——他把她當成來京打工的外來妹了——投向他的目光中，有一種讓他越來越覺得心慌意亂的東西。或者乾脆還是那句話：他和她在一塊的時候，心裏總是有種做賊心虛的感覺。做賊心虛，這個詞聽上去很難聽，但感覺卻挺不錯。多年來，周克似乎還不曾體驗過這種感覺。不是說他沒有這個條件，也不是沒有女孩子向他表示過這種好感。但因為方方面面的原因，都錯過了。但這次是怎麼回事？這次這個女孩為什麼會成為例外呢？他說不清。他感到他正在被這個女孩吸引，他覺得和她在一塊時，身心都感到愉悅，一種非常微妙的，只可意會不可言傳的愉悅——這沒辦法。周克不是一塊木頭，他是人，是個男人。如果對女孩子這種目光混然無覺毫無反應，那就太乏味太沒意思了！

這天上午因為單位有事，他是下午快六點時才趕到醫院的。看完童童，兩個人從醫院出來後，去了一家麥當勞。這家麥當勞分樓上樓下兩層。他們到了的時候，樓上一層人已經坐滿了，他們就下到地下室那層找了個座位。

「不要啦！你坐。每天都是你請我，讓我坐享其成；今天我來請你，讓你也體驗一下坐享其成的感覺。」孟千玨說。邊說邊揪著周克的胳膊，硬把他按到座位上。

「那我只好恭敬不如從命啦。」周克說著，坐下了，心裏挺高興。不只高興，還有些興奮。他看了下錶。六點十分。七點半他得趕到一家飯店去演奏。他最遲七點得離開這裏。沒關係，他差不多可以待一個小時。

不一會，孟千玨端著餐盤過來了。她買了薯條、漢堡和咖啡。他打開一個漢堡上的油紙，遞給孟千玨。孟千玨接了，說：「謝謝啦！」然後非要替他打開他那一個。他只好讓她打開了。她打開後遞給他，他也只好說了句謝謝。看上去兩個人客客氣氣，相敬如賓。往咖啡裡加奶的時候，他說我不要奶了，便把自己那小袋奶也加到她的杯子裏。孟千玨就看他一眼，再次說：「謝謝啦！」

「別看著啦，快吃啊！」孟千玨說。

「好，好。」他說。顯得有點慌亂。

兩個人開始吃。他吃得有些急，孟千玨說：「你那麼著急幹嘛呀？是不是還有別的事？」

周克本來想告訴她還得去演出的事。但話到嘴邊又改成：「沒事，沒什麼事。」

兩個人邊吃邊說。期間孟千玨又去加了一次咖啡。孟千玨去加咖啡的時候，周克看了下錶，已經七點一刻了。他沒想到時間會過得這麼快，心想反正趕不上了，就決定給老劉打個電話，但是打開手機一看，沒信號。便等千玨加完咖啡回來後，藉口上廁所，跑到上邊給老劉打了個電話。

給老劉打過電話後，這下他放心了。兩個人又邊吃邊聊起來。

4

家裏，賈思甯正在給周克打電話。妹妹賈思靜在一旁看著。過幾天，賈思甯要帶隊去上海參加比賽，學校這次開恩，批准她們乘飛機去。思靜他們旅行社可以訂到打折的機票，她來拿姐姐的身分證。平時這些證件都是交給周克保管，賈思甯翻了半天沒翻到，只好給周克打電話。

賈思甯連著打了兩遍，聽到的回答都是：「對不起，你所呼叫的用戶不在服務區。」

賈思靜說：「姐夫不是去飯店演出去了嗎？一般飯店都有信號，怎麼會不在服務區呢？我來打一遍試試。」說著從姐姐手裏接過電話，連著撥了兩遍。

還是不在服務區。

「這就怪了。」賈思靜說。接著又開姐姐的玩笑，說，「姐，姐夫該不會是打著去演出的幌子，幹什麼別的壞事去了吧？」說完就笑。

賈思甯說：「瞎說！妳姐夫能幹什麼壞事？」她知道妹妹說的壞事是指什麼，又補充說，「天下男人，十個裏邊有九個去幹壞事，剩下那一個保險是妳姐夫。」說完自己也笑了。

「姐，妳就盲目自信盲目樂觀吧。我可告訴妳，現在的男人都保不齊。妳沒聽說過嗎？現在流行的說法是：男人有錢便學壞；女人學壞便有錢。我姐夫現在連走穴帶工資，每月下來有一萬塊錢了吧？不能算太有錢，但也夠『學壞』的條件了。萬一再遇上個準備學壞的女人，哪就難說了。」

賈思甯就笑著在妹妹額角點了一指頭，說：「行。等妳姐夫回來，我把妳這話原封不動學給妳姐夫聽，我看下次妳來，他還給妳做好吃的不做！」

賈思靜就喊：「姐，妳可不能出賣我呀！我姐夫一直對我印象挺好的，妳一說，他不把我當成翻嘴弄舌的壞女人了？」

賈思甯說：「那誰讓妳翻嘴弄舌——行啦，咱姐妹倆別再胡說八道了。身分證怎麼辦？要不讓妳姐夫明天給妳送去？」

賈思靜說：「也行。不過妳可千萬不能給我姐夫說我說過他壞話呀！」說完笑著走了。

思靜走後，賈思甯又給周克打了次電話。還是不在服務區。她忽然想起這一陣周克是和老劉老杜一塊演出，便翻開電話本查到老劉的手機號碼。老劉的手機倒是一撥便通。賈思甯喂了一聲正想問問，轉念一想又覺得不合適，便又急急忙忙說了句對不起打錯了，然後把電話掛了。

最後，賈思甯只好用手機給周克發了條簡訊。

5

周克與孟千玨一直在麥當勞待到九點多，才從裏邊走出來。

周克他們剛到外邊，手機響了。是簡訊。周克對千玨說了聲對不起，然後打開手機一看，簡訊是老婆發來的，螢幕上就一句話：

「幹什麼壞事去啦？怎麼老不在服務區？」

周克心裏喊了聲壞啦！想馬上給老婆回電話，又怕旁邊千玨聽了笑話。正猶豫著，千玨問他：

「誰的簡訊？是不是師娘催你回去啊？」

「不是。天氣預報。」周克說。

兩個人說著走著。走著說著。也說不清從哪一刻起，孟千玨就把周克的胳膊挽住了。不是那種戀人式的挽，是那種女孩子撒嬌式的，略帶一點淘氣式的挽。可是誰能把這兩種挽分清楚啊？沒有人啊，沒有人能把這種挽與戀人式的挽分清楚啊！化學家分子學家都分不清，何況學音樂的周克呀！心裏那種「做賊心虛」的感覺升級了，接近「心猿意馬」了。剛才看老婆發來的簡訊時，心裏還喊了聲壞啦，巴不得趕緊回去好好向老婆解釋解釋，現在老婆的警告言猶在耳，身子卻不由自主想多待一會。這沒辦法呀，坐懷不亂的柳下惠已經去世一兩千年了。自他老人家去世之後，這個世界上就很少有坐懷不亂的男人了。現在滿大街都是讓男人坐懷就亂的書和藥。想不亂也身不由己呀。當然，周克還是很有自制力的。他也就是臉有點熱，心跳有點加速。並沒有什麼實質性的想法。而且很快，他就要做出一個決斷，一個終止這種關係的決斷。

兩個人分手後，周克搭了輛車，立刻往家裏趕。

到家，洗完澡，上床。

賈思甯靠著床頭看書，一直不理他。

「怎麼啦寶貝？」他捏了一下老婆的鼻子，問。

賈思甯撥開他的手，說：「我給你發的簡訊看到了嗎？」

「看到啦。」

「那你怎麼不回？」

「我那會正在演出，沒顧上看。是剛才在計程車上才看的。」周克開始說謊了。

「你在哪個荒山僻嶺演出？怎麼手機老是不在服務區？」

「還在原來那個飯店呀！到荒山僻嶺給誰演出啊？」謊話開了頭，就只好用後邊的謊話來彌補前邊的謊話了。

「那老劉的手機怎麼在服務區？怎麼一撥就撥通啦？」賈思甯突然問。其實她也只是一般地問問。因為這是常識。既然兩個人在一塊，為什麼一個人的手機在服務區，另一個又不在服務區呢？

周克這下給嚇了一跳。因為他搞不清楚老婆到底與老劉通話沒有。如果通過話，那就全穿幫了。他這邊正緊急思考該怎麼回答呢，沒想到賈思甯卻說：「行啦行啦。我也不問你這些啦——我的身分證呢？」

周克這下鬆了口氣，說：「在床頭櫃裏呀！妳要身分證幹什麼？」說著拉開床頭櫃就要找。

賈思甯說：「你別翻啦。那裏邊我已經翻遍啦。沒有。你現在也別找啦。明天再找。找到後給思靜送去。我們訂飛機票要用。」

周克一腦門汗，這下才完全落了。睡下後半天沒睡著。心裏覺得有幾分慚愧，雖然自己與女孩孟千玨之間並沒有什麼，但總覺得有幾分對不住老婆。男人大概都是這樣，如果老婆對這類事嚴加盤問窮追不捨，他反倒會越來勁；老婆混然無覺或者放寬政策，他心裏反倒會生出愧意悔意。周克那天晚上便是如此。不過想讓他一下子中斷與女孩的關係，他又有幾分不捨。而且還有童童的事情。他也不能放下不管。這樣思來想去半天沒睡著，最後也沒想出個結果。

6

第二天，周克找到賈思甯的身分證──其實就在賈思甯翻的那個床頭櫃裏。然後搭車去了賈思靜的旅行社。

快到時，他打電話讓小姨子下樓，在大門口等他。

姐夫與小姨子在旅行社的大門口交接完身分證後，小姨子看著姐夫說：「我姐沒給你說什麼吧？」

周克有點奇怪，問：「說什麼？」

「說我翻嘴弄舌，講你的壞話呀。」小姨子不打自招，說。說完就笑。

周克說：「妳又在妳姐跟前給我上什麼眼藥啦？」

賈思靜就笑著把昨晚的事情講了。小姨子是當笑話說。哪知道把當姐夫的聽得又出了一身虛汗。他倒不怕小姨子說他是男人有錢便學壞。他是怕那幾個不在服務區的電話──我的天，姐妹倆一人打了幾遍都沒打通，而那會兒他與女孩孟千玨四目相對邊吃邊聊，談得正熱乎呢！人家女孩什麼感覺他不清楚，他自己卻是正由「做賊心虛」往「心猿意馬」過渡呢！這樣越想心裏越愧，不只愧對老婆，也愧對小姨子了。在小姨子心目中，自己一貫是楷模姐夫。這樣不等於自己破壞自己在小姨子心目中的形象嗎？再一想，如果當時賈思甯姐妹倆突然出現在麥當勞裏，如果孟千玨挽著他的胳膊正走著時，她們姐妹倆突然迎面撞個正著，那多危險？那怎麼辦？這樣一想又感到幾分害怕。罷罷罷，看樣子這事只能到此為止了。當斷不斷，必受其亂。事情發展下去會出現什麼結果，誰都難以預測。那就遲不如早，盡快了結為好。想到這裏，周克下了決心。與小姨子分手後，急匆匆趕到醫院。

但是孟千玨不在醫院。

他本來想當面對她講的。一路上他都在考慮這個問題。該怎麼對她說。怎麼才能說得不露聲色，怎麼才能說得不傷害女孩。現在她不在，事情反倒更好辦了。

周克先到護士站，讓護士查了一下童童的手術和住院費用。因為是個小手術，連這幾天的住院費下來還不到四千塊錢。他問了一下護士，交的五千塊錢押金到出院時夠不夠？護士說差不多，可能還要退幾百塊錢。這件事他放心了。接著便到病房給童童交代了幾句：

「童童，周老師明天要出差，可能得很長一段時間才能回來。你出院的事就讓你孟姐姐辦吧。你別擔心，費用都已經交齊了。」

童童說：「那你不等等我孟姐姐嗎？她等了你好半天，可能一會就回來。」

周克一狠心，說：「不等了，你回頭告訴她就行了。對啦，去殘疾人藝術團的事，也等過一陣再說吧。」

周克說完，摸了摸童童的腦袋，離開了。

孟千玨回到醫院，童童把事情對她說了。孟千玨愣了一下，趕緊打周克的手機。

手機響了，周克看了下號碼，按下拒接鍵。

千玨再次撥打。

周克再次按下了拒接鍵。看得出來，他眼睛裏濕濕的，是淚。

千玨第三次撥打，但號碼按了一半，停住了。女孩眼裏湧滿淚水。

她知道他有拒接的原因，但原因是什麼，她不清楚。

當天下午，孟千玨給童童辦了出院手續。她退了那家賓館的房間，另外在西三環路外的一條小街裏租了間平房。房間不大，但是有廁所和廚房。

「童童，從今以後，就咱們姐弟倆相依為命啦。你高興嗎？」她對童童說。

童童說：「高興。可是周老師呢？不是還有他嗎？他為什麼要突然離開咱們？為什麼不接妳的電話？」盲童的聽覺都特別敏銳，他已經聽出點什麼了。

千玨沒有回答，女孩輕輕地摟著童童，眼睛裏的淚水奪眶而出。

「姐姐，妳哭啦？」

「沒有啦！姐姐是高興。」千珏說，說完更緊地摟住童童，說，「你以後就住在這裏，白天也不用去地鐵拉二胡了。就在家裏練習。」

童童說：「那誰養活我啊？」

千珏說：「姐姐養活你。你在家裏待著，姐姐現在就出去買菜，姐姐會做很多種菜。一會兒做好吃的給你吃。」

第十章

此後一連兩天，童童就待在家裏。孟千玨每天上午出去，她在靠近公主墳的一家成衣專賣店裏找到份臨時工。每天七點出門，晚上九點半回來。早飯晚飯在家裏吃，午飯在附近一家麥當勞解決。每天出門前，她都要把童童的午飯準備好。讓他中午自己熱熱再吃。她為此專門買了個微波爐，教了童童兩次，童童便掌握了。

「好好在家裏待著，哪兒都不准去！」千玨出門時，總要這樣交代一句。像一個嚴厲的姐姐在吩咐小弟弟。

「是！我哪兒都不去。」童童高興地說。

這多好啊！不用出門，不用靠盲杖敲敲點點瞎摸亂撞，不用靠「街演」為生，一個人安安靜靜待在家裏，有吃有喝，這日子多好，多舒服啊！童童作夢都沒想過天下有這麼好的日子。

童童摸索著洗完碗筷——這個權利是他爭取來的。本來千玨什麼都不准他幹，但是他說如果妳什麼都不讓我幹，那我就不在妳這裏住了。千玨只好答應了。洗完碗筷，童童又摸索著把灶台、洗碗池和微波爐擦了一遍。隨後又去廁所擰了塊抹布，擦了擦房間裏的桌子和椅凳。最後又去擦了擦窗子。擦完窗戶後，他覺得有點累了，就那樣站在窗戶那裏，睜著一雙什麼也看不見的瞽目，微仰著臉，靜靜在望著窗外的天空——他其實什麼都看不見，但是他能感到天空的亮光，他知道那裏就是天空。小平房的窗外是一塊不大的草坪。還種了幾棵丁香樹。童童看不見這些，但是他聞到了青草和花的香味。幾隻小鳥在草坪和樹叢間跳著叫著。一隻鳥從打開的窗戶飛進屋子。童童聽到小鳥飛進屋子的動靜。他笑著，睜著瞽目，順著小鳥飛動的聲音，在屋子裏追著小鳥，想抓住牠。那隻小鳥好像故意逗著他玩，在屋子裏飛來飛去，就是不往外飛。童童追累了，說：「你飛出去吧，我不抓你了。」但是那隻小鳥卻一下子飛到他的頭頂上。童童伸手抓住了牠。高興地喊：「我抓到你了！抓到你了！」小鳥叫了幾聲，童童以為他把牠抓疼了，趕緊鬆開手，讓鳥兒站在他的手上。小鳥也不飛走，用小嘴輕輕啄著童童的手心。童童望著手心的小鳥，說：「你長什麼樣兒呀？我要是能看見你，該多好呀！」童童說著說著，兩顆碩大的淚珠，從睜著的眼眶裏流了下來。

晚上千玨回來後，童童便把小鳥的事兒告訴了她。「姐姐，妳能告訴我，小鳥是什麼樣兒嗎？」他問千玨。千玨望著童童的眼睛，心裏一陣難過。她抓著童童的手，說：「童童，姐姐沒法告訴你小鳥長什麼樣兒。但是姐姐答應你，從今以後，凡是姐姐能看見的東西，都要讓你看見！凡是你想看的東西，姐姐都帶你去看。」

童童高興地說：「那太好啦！姐姐，我現在就想看見天空。妳能告訴我，天空是什麼樣兒嗎？我知道，天空有雲彩，有太陽，晚上天空還有月亮和數不清的星星。我最想看見的就是星星。我聽人說過滿天星斗。但是滿天星斗究竟是什麼樣兒呀？」

童童興高采烈地說著，拉著千玨的手往窗口走。千玨擦了擦眼淚。說：「傻弟弟，在這兒哪能看見滿天星斗呀？走，姐姐帶你去，帶你去看滿天星斗！」千玨說完，拉著童童的手出了門。半小時後，他們出現在京廣大廈頂層的平臺上。在那裏，小盲童生平第一次，在與星空最近的距離上，「看見」了滿天星斗。並且於當天晚上，做了個比任何一個明眼人看見的滿天星斗都要美麗、都要壯觀的，滿天星斗的夢。

2

但是這種美好的感覺只持續了兩天時間，到第三天時，童童就有點待不住了。十二歲的小盲童過慣了流浪的日子，猛地把他一個人憋在家裏，一下子適應不了。同時，他很想周克，想他的周老師。他知道周老師與孟姐姐之間鬧了彆扭，但因為什麼，他不清楚。千玨回家後，他就不住地問她周老師的事。讓她給周老師打電話。千玨開始應付他兩聲，最後煩了。說：「記著，不准再提他的事。人家已經把咱們忘啦，你還提他幹什麼？」千玨說完，自己的眼淚卻忍不住湧了出來。

童童沒想到姐姐會發這麼大的火，忍著沒敢再提此事。但是這天，他又做了件惹姐姐生氣的事——中午他用微波爐熱飯時，忘了千玨交代的注意事項，把盛湯的小搪瓷盆直接放進微波爐裏去了，結果一擰開關，只聽見砰地一聲爆炸，微波爐的門被炸開了，裏邊的湯濺得到處都是。幸虧他當時身子偏在一旁，否則非被傷著不可。

千玨回來一看現場，先是嚇壞了。只怕傷著童童。一看童童人沒事，就又氣壞了，說：「你怎麼這麼沒用啊！再三給你交代，不能把金屬器皿放進微波爐熱東西，你怎麼連這點事都記不住？」童童嚇得沒敢吱聲。千玨也覺得自己話說得重了點，忙又勸了兩句，這事就算過去了。

但是第二天晚上千玨回到家裏時，童童不見了。

千玨頭皮一炸，立即跑出去尋找。她先到原來童童常待的那個地鐵入口，沒有人。又上了地鐵，挨著到幾個出口處找了半天，還是沒有。一直到快晚上十一點了，還是沒有找到。除地鐵路口，她也想不出應該再去哪裡找童童。情急之下，只好給周克打了個電話。

周克這會剛剛到家，正在廁所洗澡。外衣在衣架上掛著。賈思甯聽到手機響，便替他接了。她一邊從周克的衣服裏掏手機，一邊嘴裏不滿地說：「誰呀？這麼晚啦還打電話！」說著按下接聽鍵，問了聲：「喂？哪位？」

千玨這邊一聽是個女的接電話，慌忙說了句，「對不起，打錯啦。」趕緊把電話掛斷了。掛斷後又看看號碼，沒撥錯呀？想再打一遍試試。又一想天太晚了，便沒有撥。

周克從廁所出來，賈思甯就告訴他：「有你的電話！」周克問：「誰的？」賈思甯說：「神經病的！打錯啦。」周克就沒有在意。

千玨一個人在外邊馬路上走著。這時候已經快十二點了。她想這麼晚了，童童到哪兒住呀？她以為童童是因為她對他發脾氣才離開的。心裏很難過也很後悔。迎面過來一位老者，看她心神不寧的樣子，關切地問她：「姑娘妳沒事吧？」她笑了一下，說：「我沒事。」老者說：「沒事就趕緊回去。這麼晚了，別一個人在外邊。」她說了聲謝謝，然後走了。走了幾步，又折回身追上老者，問：「老先生，你看見一個小男孩嗎？這麼高，是個盲童。」她邊說邊比劃了一下。老者先搖了下頭，接著又說：「妳到前邊那個電話亭子裏看看，我看見那裏邊睡著個人。是大人還是小孩，我沒看清。」

千玨又驚又喜，問：「哪個電話亭？」

老者指了指前邊路邊一個電話亭，說：「就那個。要不我帶妳去吧。」

千玨說：「不用啦老先生。謝謝你啦！」邊說邊往電話亭那邊跑去。

果然是童童！童童像個大蝦一樣捲著身子，已經在電話亭子裏睡著了。他懷裏抱著那個帆布包，身上什麼也沒有蓋，下邊也什麼都沒有鋪，就那樣睡在亭子裏的水泥地上。

千玨心疼得眼淚嘩地就流出來了。她叫醒童童，一把抱住他，說：「童童，都是姐姐不好！姐姐再不說你了。」

童童也哭了，瞽目裏流著淚，說：「姐姐，是童童不好。童童不該惹姐姐生氣。」

千玨說：「姐姐不生氣啦。走，咱們回家吧。」

但是童童猶豫地說：「姐，周老師會不會因為我，才不接姐姐的電話呀？」

千玨這才明白童童離開的原因。她更緊地抱住他，說：「不會的。周老師是出差去了。他過幾天就會回來的，一定會回來的。」

3

機場。候機大廳。

賈思甯帶隊去上海參加比賽。周克帶著女兒和賈思靜，給她送行。

可以說這是一個美麗的場面：舞蹈隊幾十個亭亭玉立的漂亮女孩集中到一塊兒，形成一個強大的美麗陣容。周克看著這些漂亮女孩，不由得發了句感慨，說：「我想起十幾年前的一句歌詞：把美排成隊。今天真應了這句歌詞，把美排成隊了。」

賈思甯就諷刺他，對賈思靜說：「妳姐夫就有這本事，別的什麼都記不住，就這些東西他能記住，過目不忘。」說著又對周克說，「要不把我這工作讓你幹吧。天天讓你把美排成隊！」

周克趕緊說：「不敢不敢。只是說說而已。」

賈思靜就笑。周克問她妳笑什麼？賈思靜說：「我不是笑我姐和你，我是笑幾個月前，咱們幾個紅男綠女，在這裏送一大群和尚；今天又來送這麼一大幫漂亮女孩子。這兩個場面的反差太大了。如果拍成電視，肯定特有意思。」

和紘也有點羨慕舞蹈隊的女孩子，對媽媽說：「老媽，下一屆你們舞蹈隊招人，算我一個吧？」

賈思甯說：「去！妳哪兒能吃得了這個苦！妳還是看妳的動漫書去吧！」

登機手續辦好了，賈思甯招呼女孩子們進安檢廳。臨分手時，又對賈思靜說：「替我看著妳姐夫點，別讓亂七八糟的女孩到他那裏去『排隊』！」

賈思靜這會哪兒敢接這活，說：「姐，這個革命重擔我可挑不起。革命靠自覺，看是看不住的。要不妳交給和紘吧。」

和紘說：「沒問題。我保證把我爸看住！不過老媽，那妳回來得給我獎勵！」

4

和紘說過保證替老媽把老爸看住不久，自己把一個女孩領到家裏來了。而且這個女孩不是別人，是孟千玨。

和紘與孟千玨是在漫展上認識的。

那天，和紘與幾個同學去軍事博物館看漫展。上了車買票時，售票員問到哪兒？和紘說軍博。不一會又上來幾個孩子，售票員問到哪兒？那幾個孩子也說軍博。隔一會第三波孩子上來了，還是說軍博。售票員就有些奇怪了，問：「軍博今天有什麼活動吧？怎麼這麼多孩子都到軍博下？」和紘就說：「軍博在搞漫展呀！這麼大的事情，您怎麼不知道呢？」

孟千玨正好在這趟車上，而且就站在和紘旁邊。她看了和紘一眼，覺得這個小姑娘挺活潑挺可愛的。就問了她一句：「漫展搞幾天呀？」

和紘看她一眼，覺得這個對漫展感興趣的姐姐挺漂亮的，說：「今天是最後一天了。我們都是第二次去了。」

孟千玨已經很長時間沒看動漫了，便跟著和紘她們，在軍博下了車。隨後買票進了展廳。台灣女孩孟千玨沒有想到，大陸的漫展搞得這麼有規模有水準。

這次北京動漫嘉年華是由中國東方文化研究會和漫友雜誌社主辦的。不光是孩子，喜歡動漫的成年人也來了不少。在原版動漫閱覽廳，展出了世界各地最新的動漫書。閱覽區鋪著一塊紅地毯，讀者就坐在地毯上隨意閱讀。在這裏，和紘又與千玨碰見了，兩個人相互衝對方笑了一下。後來在COSPLAY表演區，千玨又看見了和紘。這個表演區有表演動漫人物的，也有表演電影電視人物的。

千玨進來的時候，和紘正在表演日本電視劇裏的「小丸子」。和紘的表演微妙微肖，惹得觀眾一片笑聲。和紘穿的那身衣服是她自己做的，幾乎與電視裏那個小丸子一模一樣。

如果後來她們不再碰面，這件事情就到此為止，結束了。但是沒想到接下來，她們在吃午飯時又碰著了。

麥當勞。和紘與千玨再次碰面，是在軍博附近一家麥當勞餐廳。

和紘和幾個同學先到，她們剛佔好位置，千玨就進來了——不是她一個人，她是帶著童童一塊來的。從展廳出來後，千玨就去接童童。從那天童童「離家出走」的事件發生之後。千玨按照童童的要求，不再每天把他憋在家裏了。童童像以前一樣，每天仍然到地鐵路口演奏二胡。中午千玨接他吃一頓飯，晚上再接他回住處。千玨帶著童童進來時，餐廳已經沒有空位了。就和紘她們那桌還有一個位子。上邊放著幾個女孩的包和衣服。和紘看見千玨在找位置，便招手朝她嗨了一聲。一邊動手拿那個椅凳上的衣服。另外兩個同學開始還不太情願，但看見千玨帶的是個盲童，便馬上都站起來說：坐吧坐吧！和紘說你們先坐著，我去再找個位。正好這時旁邊一個男孩吃完了，又空出一個位置。於是千玨說了兩聲謝謝，帶著童童，一塊坐下了。

一開始，氣氛有點怪。和紘與兩個同學，有些奇怪地看童童。

千玨一笑，說：「我弟弟。」

和紘與兩個同學馬上不好意思地收回目光，說噢噢。千玨接著說：「你們也是剛從漫展出來的吧？既然都是漫友，大家就隨便點吧。可惜我弟弟眼睛看不見，如果他能看見，那一定也會很喜歡動漫的！」

童童大概第一次聽到動漫這個概念，問：「姐姐，什麼是動漫呀？」

和紘就給他解釋說：「動漫就是動畫和漫畫。」

童童又問：「那什麼是動畫和漫畫呀？」

幾個女孩就相互看了一眼，想笑，又都有些難過。是啊，一個盲童，一個什麼都看不見的盲童，怎麼會知道什麼是動畫和漫畫呢？而且，怎麼才能向他解釋清楚呢？

千玨說：「回頭姐姐再慢慢給你解釋。你再別問了，以免打擾幾個小姐姐吃飯。」

和紘幾個說沒關係沒關係。接著和紘又對千玨說：「姐姐，我看妳挺喜歡動漫。如果妳想看動漫書，可以找我。」

旁邊一個女孩起哄說：「對，她是我們年級的動漫收藏家，她家裏收藏的動漫書，辦個小型漫展都不成問題。」

另外一個女孩拉了她們兩個一把，但沒有說話。

千玨說：「那太好啦！我是外地來的，已經很長時間沒看動漫了。謝謝妳小妹妹。」

和紘說：「那就說定啦。我叫和紘。姐姐妳叫什麼？」

千玨說：「我姓孟，叫孟千玨。」

和絃隨後就告訴了家裏的地址和電話號碼。分手之後，另外那個女孩對和絃說：「妳怎麼這麼冒失呀？妳忘了咱們看過的電視劇了——別和陌生人說話！妳倒好，不只隨便與陌生人說話，連家裏的地址電話都給人家了。」

和絃說：「妳搞清楚吔，那是指別和陌生男人說話，她又不是男人！」

「女人裏就沒有壞人啦？」

「女人裏有壞人，但我相信一個喜歡動漫的女人絕對不會是壞人！」和絃堅定不移地說。

5

第二天，千玨真的到和絃家去了。

這是一種巧合。冥冥中，似乎有一個聲音召喚千玨，使她一見到和絃就倍感親切。她去她家裏，與其說是想去參觀和絃的動漫收藏，倒不如說是想看看這個天真可愛的小妹妹。千玨是下午四點時去的，就和絃一個人在家裏。兩個人一見如故，像對親姐妹似的。和絃挺會待客的，先給她倒了飲料，接著就鑽到床底下，把她多年的收藏悉數搬出來，讓千玨參觀。不一會，一個多小時過去了。

快六點時候，周克回來了。

周克買了魚和菜，一進門先到廚房放下菜和魚，聽到女兒小屋有動靜，也沒過去看，就說：「和絃，爸今天給咱做魚。讓妳過過癮——妳和誰在小屋呀？」和絃也沒出小屋，在屋裏喊：「我一個漫友。」周克以為是女兒的同學，也沒細問，說：「那正好，留妳們同學一塊吃飯。」說完就趕緊忙活上了。

千玨覺得人家家裏大人已經回來了，怕不方便，忙說：「那我走啦。」

和絃說：「沒關係。我爸早就說啦，我的朋友就是他的朋友。我們家經常有同學留下來吃飯呢！」

千玨還是覺得不合適，堅持要走。和絃只好答應了，領著千玨從小屋出來後，便衝著廚房喊：「爸，我的朋友要走啦！」

「幹嘛急著走啊？再等二十分鐘，馬上就好。」周克一邊說著，一邊拉開廚房門走出來。一看是千玨，千玨一看是他，兩個人四目相對，全傻掉了。

和絃看看這個，又看看那個，說：「你們認識啊？」

周克哪裡敢說認識，忙掩飾說：「不認識不認識。那你去送送她，我就不出去了。」

千玨一愣，也只好挺尷尬地說：「不認識。」

和紘疑疑惑惑地看看兩個人，沒再問什麼。
和紘與千玨走後，周克一擦腦門，全是汗。
和紘送千玨回來後，專門推開廚房門，問爸爸：「老爸，我怎麼感覺你剛才的表情，好像認識千玨姐姐？」
周克說：「怎麼可能呢？我又不去漫巴，又沒去看過漫展，怎麼可能認識妳的漫友？」
和紘說：「那倒是。要不是去看漫展，我們也不會認識呢！」
女兒回小屋後，周克一擦腦門，又一頭汗！

6

和紘離開後，千玨哭了。
她怎麼也不會想到和紘的父親會是周克，怎麼也不會想到她悶著頭，居然闖到人家家裏去了。
她開始看見周克時，的確吃了一驚；緊接著，周克說不認識她時，她又吃了第二驚。這次吃驚與第一次吃驚可不一樣。第一次吃驚裏含有意外驚喜的成分。第二次吃驚裏沒有驚喜了，只有尷尬、委屈和難過！他居然對女兒說他不認識她！為什麼？為什麼不敢承認他們認識？十七歲的小女孩無法理解一個四十歲男人這種心理和苦衷，只覺得心裏受了天大的委屈。進而又想到另外一個問題：他不是說他出差去了嗎？怎麼還在北京？又想到他拒接她的電話的事。一連串的事情加在一起，她有點明白是怎麼回事了：他在故意躲自己，不想再見到自己。想到這裏，千玨再也忍不住了，找了個公用電話，撥通了周克的手機。

「你為什麼對和絃說你不認識我？為什麼欺騙我和童童？你不是說你出差去了嗎？還有，你為什麼不接我的電話？我究竟做錯了什麼？你為什麼要躲著我？」千玨嘟嘟嘟一梭子，打得周克措手不及。加上女兒又在家裏，他也不便解釋。只好說我回頭再給妳解釋，然後把電話掛了。

吃完晚飯，周克找了個藉口，匆匆離開家，在街角處用手機給千玨打了個電話。

但是千玨拒接。

周克又重撥了一次。

千玨那邊還是拒接。

周克又重撥了一次。

那邊還是拒接。

周克就傻愣愣站在街角處，看上去像掉了魂似的。

第十一章

1

周克不願意讓女孩誤解自己。第二天上午到團裏應付了一下，便跑到千玨原來住的賓館去找她。到服務台一問，才知道千玨早就搬走了。問去哪裡了？服務員說這我們哪裡知道？

周克只好又打電話。連打了兩次，對方關機。

想想只有一個辦法了，先找到童童，找到童童，就一定能找到千玨。在路上，周克進了一家服裝店，專門為童童買了身衣服。

在原來那個地鐵出口，童童果然還在那裏。這時候已經快到中午了。千玨正好來接童童去吃午飯。周克一陣驚喜，衝過去對千玨說：「千玨，童童，總算找到你們了。」

千玨不理他，說：「你幹什麼？你不認識我，我也不認識你！」

童童愣著，睜著一雙瞽目，不知該說什麼好。

周克說：「千玨，妳聽我給你解釋一句好嗎？」

千玨說：「還用解釋嗎？先是欺騙我們，說你出差去了。接著又說你不認識我！既然這樣，還有解釋的必要嗎？」一邊說，一邊拉著童童的手要走。

周克就有點急了，攔住他們，說：「妳讓我把話說清楚再走行不行？」一邊說著，一邊把衣服遞給童童，童童不敢不接，只好拿在手上。

事情巧就巧到一塊了，周克這邊正攔著千玨不讓走，那邊賈思靜又正巧路過這裏。她在計程車裏，遠遠地看見姐夫攔著一個女孩在說什麼，便讓司機把車靠在路邊，她也不下車，就在車裏「偵察」上了。司機以為她要下車，就把車靠到路邊停下了。停下後看她也不下車，也不說走，就問她：「小姐，妳是下車還是走，總不能就這樣乾耗著呀？」賈思靜挺不耐煩地說：「你打著表，回頭我多給你十塊錢不就結了！」說完繼續朝那邊看著。

那邊，千玨從童童手裏拿過周克給的衣服，摔給他，然後拉著童童跑開了。跑了沒幾步，千玨又折回來，把一件東西往周克手裏一摔，說：「你可以說你不認識我，但你總不至於連這件東西都不認識了吧？」說完扭頭，哭著跑走了。

周克低頭一看，手裏是一串佛珠。

他莫明其妙地站在那裏。弄不明白這究竟是怎麼回事。

賈思靜那邊就更莫明其妙了。她哪裡能看清女孩摔到姐夫手裏的是件什麼東西，心裏疑疑惑惑地說：「該不會是件信物吧？」

看來問題嚴重了。又是送衣服，又是信物。而且看上去人家女孩還不怎麼賞臉。賈思靜看見那個女孩拉著小孩上了一輛計程車，便決心跟蹤追擊，看看這女孩到底是何方神聖？到底住在哪裡？決心下定，便對司機說：「司機，跟著前邊那輛車。她到哪兒，你跟到那兒！」

賈思靜這次跟蹤的唯一收穫，就是知道了千玨住的那所平房。

2

賈思甯從上海參加比賽回來了，周克因為團裏排練，沒去機場接她。賈思甯給父母從上海帶了一些東西，民航的班車又正好路過北太平莊，她就在那兒下車，先到父母家裏來了。

賈鶴鳴鄭雅愛看女兒回來當然高興，但是一聽說是直接從機場來的，還沒回自己的家，鄭雅愛就說女兒：「思甯，妳怎麼越長越往回長啦？」賈思甯說：「我怎麼往回長啦？」母親說：「妳想想，妳出去一個多禮拜，人家周克還能不急著想見妳？妳怎麼不先回自己的家，跑到我們這裏幹什麼？」賈思甯說：「沒事！我們老夫老妻啦，又不是剛結婚那陣。」賈鶴鳴在一邊不說話，光笑。賈思甯又問：「思靜呢？又帶團出去啦？」賈鶴鳴說：「她的工作就是帶團，不過這陣沒走遠，都是在北京周邊。」正說著，電話響了。鄭雅愛說：「肯定是周克！」賈思甯也以為是，但是拿起話筒一聽，不是周克，是賈思靜。

「死丫頭！我還以為是妳姐夫呢！」

「姐，妳怎麼在家裏？什麼時候回來的？」

「剛下飛機。怎麼樣，妳姐夫這一陣，沒招什麼女孩子『排隊』吧？」賈思甯也不管父母就在旁邊，上來就跟妹妹開玩笑說。賈鶴鳴老倆口哪裡知道「排隊」的典故，在一旁笑。鄭雅愛還賈思甯額角戮了一指頭，說：「什麼話都能給妹妹說，也不害臊！」賈思靜在那邊說：「沒有。妳不是說過了嗎，借他個膽他也不敢。」嘴上這樣說，掛了電話後，又自言自語補充了一句：「哼！『排隊』倒沒有，但是已經單個教練上了——比排隊還危險！」

晚上在家裏，一家人吃晚飯的時候，賈思甯又開玩笑問女兒：「老媽給妳交代的任務，完成的怎麼樣啦？」

和絃早把這事丟到腦後了，嘴裏一邊嚼著菜，一邊問：「什麼任務？妳走的時候沒給我交代什麼任務啊？」

賈思甯說：「替我看著你爸的任務呀？」邊說邊笑著看了眼周克。

周克在一旁緊張得氣都喘不勻了，一口飯噎在嘴裏，咽也不是，吐也不是。只怕女兒把那天千玨來家裏的事說出來。不過還好，女兒沒提那天的事。女兒說：「小姨那天不是說過了嗎？革命靠自覺。我覺得我爸這陣還是挺自覺的。」

周克嘴裏那口飯，這下才咽下去了。

臥室。上床以後，周克先給老婆背上抹了些「扶他林」。這是一種外用止痛藥。和一些長期從事舞蹈工作的人一樣，賈思甯的腰背也落下不少病痛。以前是口服扶他林藥片。後來怕長期服用傷胃，就改用藥膏擦抹。這成了周克每晚的功課。他給老婆上完藥後，又開始給她揉腿捏腳。賈思甯一邊說舒服，一邊又表揚周克說：

「老公，你真好！不敢說你是天下最好的男人，但起碼是天下最好的老公。」

周克聽了心裏挺受用的，但嘴上卻說：「不敢當不敢當，離黨和人民的要求還有很大差距；離老婆的要求差距就更大了。」

賈思甯就格格笑著用腳踹了他一下，說：「你倒挺會順杆爬的，說你喘你就咳上啦！」說完又說：「哎老公，我在上海遇到個滿族老中醫，挺神道的。說他有個方子治腰背疼挺管用，我讓他看了看，開了個方子。你回頭給我抓幾副吃著試試。」周克說行。

是夜，兩口子少不了一場魚水之歡。事畢。賈思甯很快睡著了，周克卻想這想那，好半天沒睡著。

3

姐夫的事，現在成了小姨子賈思靜的一塊心病。

這天上午，她要帶團去八達嶺。約定的集中地點是西直門火車站。時候是九點整。這天路上挺順，賈思靜提前半小時，不到八點半便到了。在站前的小廣場上，遇到了另外一家旅行社的朱豔。她和朱豔在旅遊學校時是同學，工作後也常有聯繫。不過這陣有一個多月沒見面了。一見面就聊上了。朱豔問她：妳這個月帶了多少個團？她說十六個，都是小團。朱豔說那妳工資開的不少吧？她說差不多吧，這個月開了三千八百多。朱豔說那妳還行。我這個月只開了兩千兩百多。又問她妳這個月報了多少電話費？思靜說五十塊錢。朱豔說那妳報得太少啦，我這個月報了兩百多。又問路費妳報了嗎？思靜說有些報啦有些沒報。朱豔說該報的還得報。

兩個人說著說著，賈思靜忽然想起什麼，問朱豔：「噯，朱豔，我跟妳諮詢個事。」

朱豔說：「什麼事？業務方面的事妳可別諮詢我。」

「不是業務方面的事，是戀愛方面的事。」思靜說。她知道朱豔是這方面的專家。朱豔年齡與她一般大，但前前後後已經談了五六個男朋友，像狗熊掰包穀，掰一個扔一個，現在手頭有沒有，思靜還不知道。

朱豔一聽馬上來了勁，說：「行啊，這方面我是專家！妳說，是男朋友有外遇啦？還是妳變心想蹬他啦？」

「蹬妳個頭，我還沒有男朋友呢！我是問妳——算啦算啦，不問妳啦，問妳也是白問。」

「嗨妳這個人，妳還沒問呢，怎麼會知道問我也是白問？妳說妳說，什麼事？」

「比方說吧，我有個朋友——女朋友，妳別胡思亂想——我這個朋友有一天忽然發現，她姐夫跟外邊一個女孩好上了，妳說她這個當小姨子的該怎麼辦？」

「妳繞什麼彎子呀？妳直接問我妳姐夫有了外遇，妳這個當小姨子的該怎麼辦不就得啦！」

「就算是吧。妳說該怎麼辦？首先，要不要告訴我姐？」

「不能告訴。絕對不能告訴。」

「為什麼？」

「因為妳還有幾個問題沒弄清楚。」

「哪幾個問題？」

「第一，她是誰？妳不弄清對方是誰，就沒法做出正確決斷。」

「第二呢？」

「第二，程度。」

「什麼程度？妳說清楚點行不行？」

「笨！妳姐夫與那個女孩進展的程度啊？兩個人到了什麼地步？是已經要死要活分不開啦，還是剛剛開始？這是第二個問題。還有第三個問題。」

「妳快說，第三個問題是什麼？」

「第三，妳姐這邊，有沒有察覺？如果事情攤開了挑明了，妳姐會怎麼做？會做出怎樣的選擇？這是三個最起碼必須搞清楚的問題。妳只有把這三點搞清楚想明白了，才能談到下一步該怎麼辦。」

思靜聽傻了。帶團上了八達嶺，腦子裏還圍著這三個問題轉圈呢！

她下決心先從第一個問題查起：她是誰？

4

孟千玨的病情突然加重了。

這一陣，她一直在服中藥，本來病情比較穩定。但那天回來後，卻突然加重了。童童要她去醫院，她說姐姐的病姐姐自己知道，在家養一養就好了。於是，她就沒去醫院，讓童童隔兩天去藥店抓一次中藥。回來給她煎服。

童童現在成了千玨的專職護士。除給她買藥煎藥外，還學會了做菜做飯。

像一般盲童一樣，童童的聽力、記憶力特別好，手也很巧。很多事，只要千玨說一遍他便記住了。童童每次進廚房前，千玨都要給他繫好圍裙。千玨給童童繫圍裙的時候，童童就特別高興。千玨一樣一樣教他，怎麼洗菜，怎麼切菜，怎麼用煤氣灶。什麼菜怎麼炒，先放什麼，後放什麼。千玨看童童學得這麼快，這麼上心，心裏一邊高興，一邊難過。她對童童說：「童童，要學會一個人生活。」童童不明白姐姐話裏的另一層意思，高高興興地說：「童童以前一直是一個人生活，但那時候童童什麼都不會，也什麼都不用學。現在童童和姐姐在一塊兒，反倒得學這學那，比一個人生活麻煩多啦。」千玨就笑笑，不再說了。

這會兒，千玨靠在床上，童童坐在床前的一個小凳上，正在剝毛豆。他剛剛從菜市場買回兩個豬蹄，準備給姐姐燉豬蹄毛豆。千玨看著正在幹活的童童，說：「童童，你要是眼睛沒有毛病，那該多聰明啊！」童童笑笑說：「姐，童童的眼睛要是不瞎，可能就沒有現在這麼聰明了。」童童說完，又問千玨，「姐，妳到底得了什麼病呀？我想妳還是去醫院看看吧！這樣光吃中藥能治好嗎？」

千玨苦笑了一下，說：「童童，你別問了，姐這病去醫院也沒什麼用。姐問你，萬一，我是說萬一，萬一姐的病治不好，萬一哪一天姐不行了，你會為姐難過嗎？」

正端著一碗剝好的毛豆準備去廚房的童童，一聽這話，手裏的碗咣地一聲掉在地上摔碎了。童童像傻了一般愣了一下，緊接著哇地放聲大哭起來。千玨趕緊起身，拍著童童哄他，但是怎麼哄都不行。童童哭得差點背過氣去。哭夠了，童童才抽泣著說：

「姐，我在這個世上已經沒有親人了，妳就是我唯一的親人。姐要是得了什麼治不好的病，童童除過眼睛沒法給姐姐外，童童的心，童童的腎，童童全身的血都能給姐姐！童童不准姐姐死！只要姐姐能活著，要童童的命都行！」

千玨流著淚，抱著童童，姐弟倆哭成一團，很久很久才平息下來。

5

管弦樂團門口，周克在等老劉。他手裏拿著那串佛珠，像面對一道難題，百思不得其解。老劉過來了，他還不知道。老劉看他走神的樣兒，說：「幹嘛？拿著佛珠唸經啊？」

一語點醒夢中人，周克一下子明白了：這串佛珠，幾乎與弟弟那串佛珠一模一樣。會不會是弟弟那串佛珠呀？千玨說她是福建人，弟弟他們赴台灣巡迴展演前，不是先到福建廈門停留了一下嗎？世上的事情很難說，會不會是弟弟在廈門時，與千玨偶然相識了？至於怎麼相識，弟弟的佛珠怎麼會到千玨手裏，那他當然想像不來。但現在有一點可以肯定：千玨把他當成弟弟周凱了！想到這裏，周克苦笑了一下。這時候，他和老劉已經上了計程車。老劉問他你笑什麼？周克趕緊掩飾說：沒什麼沒什麼。

看來這場誤會鬧大了，無論如何，自己得找人家女孩解釋清楚才行。

想到自己是「代人受過」，周克心裏一下子輕鬆了。而且還覺得挺逗樂的。總是憋不住想笑。當晚回到家裏，周克看見女兒，不由得就笑了一下。女兒說：「老爸，發獎金啦？」他說：「沒有啊？」女兒說：「沒有你笑什麼？而且看上去是發自內心的那種笑。」他說：「不發獎金老爸就不能笑？就不能發自內心地笑一下啦？」

停了一會兒，賈思甯回來了。他忍不住又笑了。賈思甯說：「你傻笑什麼？」

他趕緊收住笑，說：「沒有啊？我沒笑什麼呀？」

賈思甯就上手在他身上擰了一把，說：「我叫你說沒笑什麼！和絃，快來看妳爸的表情，看妳爸這會是在笑呢還是在哭呢……」

但是此後一連三天，他不停地打千玨的手機，總是關機。他又跑到原來那個地鐵路口去找童童，童童也不在。挨著找了幾個地鐵路口，也沒見人。

到哪兒去啦？這兩個孩子！周克心裏著急起來。

6

這天下午，周克從團裏出來，拿著老婆從上海帶回來的那個藥方，上一家中藥店抓中藥。沒想到會在這裏遇見童童。

童童是來給千玨抓中藥的。他比周克早到了一會。藥店中藥部幾個藥劑師看來了個盲童抓中藥，便都圍過來，熱情地問這問那。一個年輕藥劑師看了童童拿的方子，好幾個藥名認不出來。便請一個老藥劑師幫忙辨認。老藥劑師看了方子，臉色一下變了，問童童：「孩子，你是給誰抓藥啊？」

童童說：「給我姐姐。」

老太太說：「你知道你姐得的是什麼病嗎？」

童童說：「不知道。姐姐經常發燒，有時還流鼻血。」

老太太的臉色就更沉重了。對那個年輕的藥劑師說：「你把上個月存的方子拿出來查一下，我記得有個相同的方子。」那個年輕女孩便拉開抽屜，取出一疊藥方查找起來。不一會查到了，遞給老太太說：「老師，好像是這個方子吧？」

老太太戴著花鏡，把兩個方子對照了一下，小聲對女孩說：「一個病。不好治。」說著難過地搖了搖頭。

周克就是在這時候進來的。

「童童，你怎麼在這裏？」周克一見童童，也顧不上旁邊有人沒人，大聲叫了起來。

童童聽出是周克的聲音，一邊伸出手摸他，一邊說：「周老師，你這麼長時間去哪裏了？」說著就哭了。

周克趕緊上去抓住童童的手，一邊替他擦了擦眼淚。

「你怎麼到這裏來啦？」周克蹲下身子，問。

「我來給千玨姐姐抓藥。」

「千玨姐姐怎麼啦？」

「她病啦。病了好長時間啦。」

那個老太太見此情景，便把周克叫到一邊，問他：「你是這個孩子什麼人？老師？」

「我是他哥。」

「藥方上這個病了的女孩是你什麼人？」

「是我妹妹。」

「你知道你妹妹得的是什麼病嗎？」

「不知道。」

老太太這下生氣了，說：「你這哥哥當的！妹妹得了什麼病你不知道，而且讓這麼小的一個盲眼弟弟來抓藥。這萬一路上出點事怎麼辦？」說完又問他，「你真的不知道你妹妹得的什麼病嗎？」

周克顯得有些緊張，問：「你能告訴我是什麼病嗎？」

老太太輕聲說：「白血病。」

一聲炸雷！周克只覺得腦子裏轟地一聲，成了一片空白。他什麼都顧不上了，一把抓住童童說：「快告訴我，千玨現在在哪裡？」

童童不知道白血病是怎麼回事，但他想肯定是一種特別嚴重的病。他一下子哭了，邊哭邊說：「我知道，我帶你去。」

老太太說：「哎，你抓了藥再走啊！」

但是周克這會哪裡還顧得上抓藥，他留下藥方和二百塊錢，說回頭來取。然後與童童搭車，向千玨住的地方趕去。

快到地方的時候，周克稍微冷靜下來了，忙提醒童童說：「記住，千萬不能告訴你姐，她得的是什麼病。」

童童懂事地點點頭，說：「我知道。」邊說邊把眼淚擦了。

第十二章

周克跟著童童，到了千玨租住的那間平房。

千玨靠在床上。她沒有想到周克會來。她什麼也沒說，閉上眼，任眼淚涮涮地往外流著。

周克一看千玨病成這個樣子，一看那麼可愛的一個女孩，那麼鮮活的一個生命，突然間就枯萎成這個樣子，並且行將離開這個世界，眼淚也忍不住湧了出來。但是為了不讓千玨知道她患的是絕症（周克以為千玨不知道自己患的是白血病），他趕緊把眼淚擦了。強笑著走過去，說：「行啦行啦。千錯萬錯，都是我的錯！我不該欺騙你們，也不該這麼長時間不來看你們。千玨，別難過了。快笑一笑，小心眼淚流得太多，水土流失，把漂亮臉蛋流成河床了。」

千玨聽了，不但沒有止住哭，反而嗚嗚地哭出了聲。周克就過來撫著她的背，說：「是我不好，是我不好，要不妳打我幾下吧。」千玨哭著哭著，忽然就不哭了。眼睛裏閃著淚花，說：「誰說要打你啦？你不心疼人家，人家還心疼你呢！」童童這時已經去廁所擰了條濕毛巾，遞給姐姐，讓她把眼淚擦了。千玨就撒嬌，把毛巾塞給周克，說：「是你把我惹哭的，你給我擦！」周克這會已經把千玨當親妹妹看了，便接過毛巾，替千玨把眼淚擦了。

「現在，你再不會說你不認識我了吧？」千玨說。

周克本來急著找千玨，是想向她解釋誤會的。是想告訴她她認識的是周凱，是他的弟弟，不是他。但是現在，他不能這樣說了。只好將錯就錯，繼續「代人受過」下去了。他掏出那串佛珠，遞給千玨，說：「有佛珠為證，我怎麼會說不認識呢。好啦，過去的事情就讓他過去吧。咱們一切從頭開始。千玨，妳還沒有吃飯吧？妳說妳想吃什麼？大哥給妳做。」

千玨說：「我什麼都不想吃，就想聽你吹管子。」

周克說行。他這下就更加證實自己沒有想錯：這女孩果然是在弟弟演奏時和他認識的。正好他是從團裏出來的，隨身帶著管子。便拿出管子，問：「妳說，想聽什麼？」

千玨脫口說道：「江河水。」

童童也說：「好哇好哇，我也會拉這個曲子。我來給周老師伴奏吧。」

千玨高興地說：「那好哇！我一個聽眾，你們兩個人演奏，太奢侈了吧？」

周克像當初弟弟在家裏演奏時那樣，盤腿坐在地上。童童坐在小板凳上，還沒忘記把那個伴奏裝置也纏在腿上。一切就緒，一個十二歲的小盲童，一個四十歲的音樂人，為一個身患白血病的台灣女孩的特別演奏，開始了。

千玨聽著管子與二胡合奏的「江河水」，看著這兩個為她一個人演奏的大陸親人，大顆大顆的淚水，像珍珠一樣不斷地滾落下來。

當晚回到家裏。賈思甯問周克：「你給我抓的中藥呢？」

周克這才想起把給老婆抓藥的事情忘得一乾二淨。連忙撒謊說：「藥店說缺一味藥，讓明天再去取。」

賈思甯說：「你最近怎麼啦？成天魂不守舍的。不會是外邊與什麼女人攪和上了吧？」

周克說：「這都哪兒跟哪兒呀？中藥沒抓回來，怎麼又扯到女人身上去了？」

賈思甯說：「什麼哪兒跟哪兒！對啦，我忘了問你，思靜那天說看見你和一個漂亮女孩在一塊的事情，你還沒給我交代清楚呢！」

周克沒想到老婆那天晚上迷迷糊糊問過的一句話，到現在居然還沒有結案，只好裝糊塗說：「和哪個漂亮女孩在一塊？不就那天在機場送妳時，和妳們一大幫漂亮女孩在一塊嗎？」

老婆說：「你別給我打馬虎眼！反正這事我給你記著呢。到以後有了別的事，再跟你一塊算帳！」

周克就給老婆問得出了一身汗。心想算啦，第二天再不能去千玨那裏了。但是第二天一起床，就又改了主意，決定去了。

2

此後一週時間，周克推掉所有演出，每天都去看望孟千玨，為她演奏，做各種有營養的飯菜給她吃。並給她煎藥服藥。

他對千玨是不是患了白血病和那個藥方有些懷疑，第二天去那家藥店取藥時，又專門諮詢了一下那位老太太，隨後又拿著藥方跑了那家中醫院。他多麼希望千玨患的不是白血病呀！但是諮詢的結果，把他最後一點幻想也擊碎了。周克按照藥方下邊的處方醫生簽名，找到了給千玨看病的夢大夫。夢大夫是位老太太。夢大夫說她記得孟千玨這個患者。問他是患者的什麼人？周克隨口說是千玨的堂兄。夢大夫這才告訴他，千玨患的是粒單細胞型白血病。這是一種由粒細胞與單細胞混合的白血病，是白血病裏極難治癒的一種。隨後又告訴他：「用中西藥結合治療白血病，目前還處在初期階段。一般都是對化療有排異反應的患者，才試用這種方法。這種病最有效的治療方法，還是骨髓移植。但要找到適配的骨髓，機率卻非常低，一定程度上，是靠巧合和緣分了。」周克又問：「一般患這種病的病人，還能活多長時間？」老大夫說：「這很難講。白血病有好幾種，病人的體質差異也很大。而且與其他疾病一樣，病人的生活品質，尤其是病人的情緒，會對病情產生極大影響。就是說，病人心情好，病情就會減緩，生命就會延長。所以做為病人的家長和親人，重要的不是考慮病人還能存活多長時間，不是忙著準備後事，而是盡量讓病人在生命的最後階段生活得快樂一些。」

周克聞言，如醍醐灌頂，連著對老大夫說了三聲謝謝，然後離開了中醫院。這時候，他對千玨的感覺裏，忽然有了種父親和兄長的愛，及責任感。他在大街上走著。盛夏的北京熱浪騰騰，人流如潮。熙熙攘攘來來往往的人流，各人有各人的想法。周克現在心裏只有一個想法，那就是讓千玨快快樂樂度過人生最後的時光。他在心裏對千玨說：千玨，我知道妳在北京舉目無親。我就是妳的親人，就是妳的父親和兄長！我一定要讓妳在生命的最後時刻，享受到愛，享受到人生的溫暖。他在心裏這樣說的時候，自己都被自己感動了，眼睛裏濕濕的，差一點沒有流淚。

周克從中醫院出來後，就進了一家超市。他在入口處推了輛購物車，選了豬蹄、排骨、活魚、甲魚、水果一大堆東西。他經常和老婆一塊光顧超市，平時總是顯得急急慌慌，總是嫌老婆囉唆，動作慢，挑東西挑得太細。但今天的感覺卻不一樣了，今天他自己卻挑三揀四不厭其煩，所有的東西都選最貴的，最新鮮的。而且心裏還有一種特別溫暖的感覺。

周克在副食區挑三揀四，沒想到賈思靜也到這家超市來了。思靜沒到副食區，她在糖果區這邊挑巧克力和口香糖。超市糖果區的貨架是一排一排的，而副食區卻沒有貨架，東西都放在冷藏櫃裏，相對比較開闊。無意中，思靜忽然看見了周克。她第一反應是想喊姐夫，但是嘴張了一下，卻沒喊出聲來。她又往這邊瞄了兩眼，確認自己沒有看錯後，躲到一邊，撥通了周克的手機。

周克這邊手機響了。他放下正在挑的一件東西，掏出手機，問：「哪位？」

賈思靜就在不遠處看著他，說：「我。姐夫，你在哪兒呀？」

周克一聽是小姨子，本能地有些警覺，撒謊說：「我還能在哪裡，在團裏。怎麼，有什麼事？」

賈思靜差一點就要喊：「你騙人！」。但是她沒有喊，說：「沒什麼事。就是想給你打個電話。行啦，我掛啦。」說完把電話掛了。掛斷電話後，自己對自己說：「我今天倒要看看，你買這麼多好吃的東西，準備去孝敬誰！」

周克哪裡會想到被小姨子盯了哨。付完款提著大包小包幾大袋東西，搭了輛車就往千玨住的地方趕。

身後盯哨的小姨子也搭了輛車，像上回跟蹤千玨時一樣，對司機說：「跟著前邊那輛車，他到哪兒你跟到那兒！」

賈思靜多麼希望姐夫提著大包小包不是到這裏來呀！多麼希望姐夫買這麼多好吃的東西是回姐姐家或者自己家呀。但是她的希望破滅了。姐夫提著大包小包，果然是到那個女孩這兒來了。眼看著姐夫在錯誤的道路上越滑越遠，小姨子恨不得橫刀立馬，衝上去當面把姐夫攔回來。也恨不得跟著姐夫到那女孩屋裏，當面把她教訓一頓。但是小姨子最後什麼也沒做。她眼睜睜看著周克提著東西進了那家平房。然後讓計程車調頭，離開了。

在車上，思靜給姐姐打了個電話。

賈思甯揮汗如雨，正在舞蹈教室指導一幫女孩子排練。手機響了，賈思甯拍手喊了聲：「停，休息五分鐘。」一幫女孩就全坐著躺著倒在地上。賈思甯走過去拿起手機，也沒看號碼，問：「喂，哪位？」

這邊車上，賈思靜說：「姐，妳在幹嘛呀？」

「廢話！這會兒，我不在上課還能幹嘛？」

「妳知道我姐夫這會兒在哪裡？」

「妳姐夫這會不在團裏還能在哪裡？妳找妳姐夫啊？什麼事？」

「沒什麼事。」

「沒什麼事妳打什麼電話？成心浪費我的手機話費呀？」賈思甯說完把手機掛了。坐在地上的一個女孩說：「沒關係賈老師，妳多打一會兒，話費不夠我們給妳買。」賈思甯一笑，說：「妳們不是想給我買話費，是想藉機多休息一會兒。行啦，起來起來，繼續練！」一幫女孩就說有五分鐘嗎，歪歪倒倒站起來又開始練了。

3

周克壓根想不到小姨子會跟蹤他，他把工夫全花在對付老婆上了。他首先在時間安排上動了些腦子，白天團裏的事情好應付，每天上午去點個卯就行。但老婆這邊不能馬虎。他給老婆撒謊，說這一陣外邊的活比較多，每天晚上都有演出。老婆說：活多是好事啊。活多就掙錢多。不過別把你累壞了。他說沒關係，這點活累不著我。實際上他還真是夠累的。他把握時間，每天基本上都是晚九點離開千玨那裏，趕回來先把老婆的藥給煎上，然後抽空洗澡。洗完澡老婆的藥正好煎好，侍候老婆喝完藥，快十一點時上床，接著給老婆背上抹止疼藥，再接著揉腿捏腳。所有這些功課，一項也不敢拉下。而且還做得分外賣力。一連幾天，周克就這樣馬不停蹄，兩頭奔波。像走穴的歌星似的，一晚上趕好幾個場子。再加上心裏有事，總睡不好，人明顯有些瘦了。

但是智者千慮，必有一失。周克光顧著做這些功課，把另外一項大事給忘了：錢。這天晚上，他給老婆捏完腳，老婆正在給他掐腦袋的穴位時，忽然問他：

「唉老公啊，你可好一陣沒給家裏錢啦。以前你隔天演一場時，還時不時三百五百往回拿，這一陣你天天晚上出去演出，怎麼沒見你往回拿錢啊？」

周克一聽，差點沒傻在那裏。腦子趕緊轉了幾轉，撒謊說——撒謊看樣子也是一門學問呀，一個謊話開了頭，屁股後邊真得有一連串的謊話跟著——「噢，我忘了給妳說了。老劉家最近遇到點事，這一陣的錢我借給他了。」

第二天，周克找到老劉。不是他借錢給人家老劉，是他跟人家老劉借錢！

「怎麼啦？不會是瞞著思甯，在外邊養了小三吧？」老劉一聽說借錢，開玩笑說。

周克說：「我的天老劉，怎麼連你也敢開這種玩笑了？遇著點別的事，給朋友借的。」

老劉就笑了，說：「行。我回頭就取出來給你。多了沒有，三千塊錢還拿得出來。」

當晚，周克就把從老劉那裏借來的錢，自己留了一千，另外兩千交給了老婆。老婆說：「怎麼，老劉把錢還啦？」周克說：「是啊，不還我到哪裏給妳弄這兩千塊錢去呀？」

4

這天下午，周克回到家裏時，就女兒和紘一個人在家。

和紘正在小屋趕作業。看見周克今天回來這麼早，說：「爸，你今天怎麼回來這麼早？是趕回來給我做好吃的吧？」

周克說：「爸一會還得出去。」

和紘說：「老爸，你最近怎麼老不在家呀？我想吃你做的紅燒魚，都快饞死了！」

周克說：「改天吧，改天爸給妳做。」

和絃說：「改天是哪一天呀？你再這樣，我得告訴我媽，不讓你出去走穴了！」

周克說：「妳那數位相機不想要啦？」說完就笑。

和絃說：「數位相機也要；紅燒魚也要。相機又不是熊掌，魚與熊掌不可兼得，魚與相機是可以兼得的。」

周克就在女兒腦袋上乎擼了一把，說：「跟妳媽一樣，什麼都想要。行，相機也得買，紅燒魚也得做。明天吧，明天老爸就給妳做。現在爸先得向妳借樣東西，行不行？」

和絃說：「行。老爸你要借什麼？」

周克說：「把妳最近買的動漫書借我幾本。」

和絃馬上說：「那不行！你又不愛看，肯定是轉手借給別人，萬一給我弄壞了弄丟了怎麼辦？」

周克說：「保證不給妳弄壞弄丟還不行嗎？」

「你先說，你準備借給誰吧？」

「嗨，一個朋友的孩子，和妳一般大，也是個動漫迷。聽說妳這裏收藏了不少動漫書，張口要借。妳說老爸能說不借給人家嗎？」

「那行。只要是動漫迷，她就不會把書弄壞弄丟的。不過你得打借條。」和絃說完，就認真挑了幾本，然後真的讓周克打了張借條。

周克拿了書，就又要出門，臨走時對和紘說：「別告訴妳媽我借書的事。」

賈思甯是六點多回來的，手裏拎著一袋老玉米，進門一邊換拖鞋，一邊對小屋喊：「和紘，老媽買老玉米啦！」

和紘說：「好！我也正想啃老玉米呢！不過老媽，妳總得做個湯吧？要不然乾不拉幾的，怎麼啃？」

賈思甯說：「妳要求還挺全和的。行。就再做個湯。咱們娘倆就著湯啃老玉米。別讓妳爸覺得，離了他，咱娘倆就得餓肚子似的！」

5

周克從家裏拿了動漫書，急急忙忙趕到千玨這裏。

本來他是想趕過來給千玨做飯的。但是一進屋子，餐桌上的菜已經擺好了。還放著一瓶紅葡萄酒。

千玨腰裏繫著圍裙，從廚房走出來，對愣著的周克說：「周哥，你發什麼呆呀？請入席呀！」

童童也跟著說：「周老師，你快坐呀。姐姐說，這些天一直是你給我們做飯，今天她覺得身體好多了，就自己起來做了這桌飯菜，你肯定會喜歡的。」

周克看看千玨，女孩的氣色果然大有好轉。心裏不由得又高興又感動。千玨看見他手裏的動漫書，馬上過來搶到手裏，說：「是從和紘那兒給我借的吧？你告訴和紘是我借的嗎？我想她只要知道是我借，肯定就會借的。你回頭告訴她，過幾天我的病再好一些，我就會去看她。上回我參觀她的動漫收藏，還沒參觀完呢！」

周克嘴裏說好好好，心裏卻說：妳可再不敢去了。上回急了我兩頭汗，這回再去，沒準非把我急出高血壓不可。

他從千玨手裏接過鍋鏟，進廚房把剩的兩個菜炒了，然後三個人圍著小餐桌坐了。倒酒的時候，童童一定要由他來倒。他看不見，千玨喊滿啦滿啦，他還倒。結果把三個杯子都倒溢了。周克看著溢滿的酒杯，看著興高采烈的兩個小姐弟，心裏感到一種別樣的幸福。他端起酒杯，與姐弟倆一人碰了一下，說了句乾！自己先帶頭乾了。童童和千玨也說乾，也都一口乾了。結果全都嗆得咳嗽起來。

家裏這邊，賈思甯和女兒正在啃老玉米。按照女兒的要求，賈思甯又做了個豆腐青菜湯。娘倆稀裏呼嚕吃得挺來勁。和絃啃了一個老玉米，還要。賈思甯說：行啦，晚上別吃那麼多。但是和絃說沒事，她就又給女兒撈了個小一點的。和絃吃完就感到有點撐。不多一會，又捂著肚子喊肚子疼。賈思甯以為就是吃多了，說：讓妳啃一個就行了，妳非要多啃。瞧瞧，這下啃出事了吧！說著沖了袋三九胃泰讓和絃喝了。以為這下就沒事了。

停了一會她問女兒怎麼樣？和絃說感覺好了一些。賈思甯就讓女兒沖完澡，早點睡了。

6

周克這邊，三個人吃完飯後，他和童童管子二胡合奏，表演了兩支曲子。聽完曲子，千玨又自告奮勇，要為他們倆唱一首歌。周克與童童就鼓掌說歡迎歡迎。千玨就唱了一首台灣歌曲《高山青》。千玨唱完大家鼓掌。童童又說他也要唱。千玨和周克又說歡迎歡迎。童童就唱了一首騰格爾的《天堂》。童童唱完，兩個人又鬧著要周克唱。周克就唱了一首聽上去十分遙遠的歌曲《我有一個遠大理想》

我有一個，遠大理想，

長大要去開拖拉機，
奔跑在祖國的田野上，
翻起一片片肥沃的土地，
奔跑在祖國的田野上，翻起
一片片肥沃的土地……

周克唱得聲情並茂十分認真，千玨和童童笑得拍手鼓掌。千玨說開拖拉機算什麼理想呀？應該是長大要去開太空梭吧？童童說，不過要是能開拖拉機，我也就心滿意足了。兩個人還鬧著要周克再唱一首，正嚷嚷著，手機響了。

周克打開手機，只聽見賈思甯變聲變調地說了句：「你馬上回來，女兒病啦！」

女兒患的是急性腸胃炎。當天晚上送到醫院，第二天就又沒事了。

此後三天時間，周克沒去千玨那裏，也沒給她打電話。

第十三章

1

這天，千玨忽然到管弦樂團找周克。

千玨看上去恢復得挺不錯，臉色紅潤，一點也不像病人的樣子。

在樂團門，千玨遇見了老劉。

老劉記性還真行，馬上記起是上回向他打聽佛樂團的那個姑娘。他問千玨：「姑娘，妳找到妳要找的人了嗎？」

千玨反倒想不起老劉是誰了。笑了一下，說：「老先生，你怎麼知道我要找人呀？」

老劉說：「妳忘了妳上次跟我打聽佛樂團的事啦？」

千玨這才想起來了，連忙說對不起老先生。老劉就又問她：「那妳今天是來找誰呀？」

千玨說：「我找周克先生。」

老劉一驚，馬上想起周克借錢的事，問她：「妳是周克什麼人？」

「我是他妹妹。」千玨只好這樣說。

「妹妹？我怎麼不記得周克有個妹妹？我只知道周克有個當和尚的弟弟，什麼時候又冒出這麼個妹妹來了？」老劉這話是心裏說的，嘴上當然沒有說。他也不好再問什麼了，連忙領著千玨，到了周克的辦公室。還沒進門，老劉就故意大聲喊：

「周克，你妹妹找你來啦！」

周克在屋裏聽了還挺納悶的，開門一看是千玨，愣住了。

老劉一看，笑了，開玩笑說：「周克，我怎麼沒聽說過你有這麼個妹妹呀？是流落海外失散多年的姑表妹吧？」

周克哈哈一笑，說：「對對對，是失散多年的姑表妹，姑表妹。」

老劉笑著走了。老劉走後，千玨問周克：「姑表妹是哪門親戚的？我怎麼成了你的姑表妹啦？」

周克說：「哎呀妳就別再問啦。」嘴上這樣說的同時，心裏說，「老劉這是嘴下留情，沒把妳說成我別的妹妹就不錯啦！」

他自然不便把千玨留在辦公室，說：「走吧，我正好出去有點事，陪妳走走。」說罷領著千玨下樓。心裏說可千萬別再碰見別的人了。沒想到剛到拐角處，與上樓的小吳又迎面碰個正著。小吳是那種咋咋呼呼的女孩子，一見他們倆，就說：「喲，周老師，什麼時候又收了這麼漂亮的一個女弟子呀？」

周克的臉就騰地紅了，說：「是表妹，姑表妹。」

千玨也看出來了，故意往周克身上一靠，挽住他的胳膊，說：「哥，她是誰呀？是你的女弟子嗎？」

小吳伸出手與千玨握了一下，說：「我姓吳，妳叫我吳姐好啦。妳哥眼頭高，看不上我這類女弟子，他喜歡的是妳這類女孩，專門收妳們這類女孩做弟子呢！」說完格格笑著上樓去了。

兩個女孩左右夾攻，搞得周克狼狽不堪。出了樂團的大門，臉上還半紅不白的，說不上是什麼顏色。

在路上，兩個人邊走邊說。周克想向千玨解釋一下這幾天為什麼沒去。千玨攔住他，不讓他解釋，說：這個世界上，又不是我一個人需要你關心。我只要你把我當成你關心的對象之一，就十分滿足了。周克又問她身體感覺怎麼樣？千玨說這你還看不出來嗎？我已經差不多完全好了。她以為周克不知道她患的是白血病，所以盡量裝出一副完全好了的樣子。周克理解這一點。他問她，是不是在家裏待不住了，想出來溜達溜達？千玨說對呀。周克說想去哪裡？除坐飛船上太空我沒法滿足妳外，全北京城妳想去哪裡都行。千玨說我聽說雍和宮燒香挺靈的，想讓你帶我去那裏看看。周克說那容易，走，咱們現在搭車就去。千玨又說我不想坐車去，我想騎自行車去。周克說那也行啊。咱們往回走，我的自行車在團裏，我帶妳去。

折回到團裏，周克又有點猶豫了，心想我騎車帶著女孩子滿大街跑，員警管不管另說，萬一讓老婆、小姨子或者別的熟人看見了，有多少張嘴能說得清呀？就又藉口北京不讓騎車帶人，張羅著另給千玨借輛自行車。偏巧這時小吳又下樓來了，便主動把她的二六女車讓給千玨騎。千玨說了聲謝謝接了車子。周克也只好說謝謝謝謝。心裏卻提醒自己：

今天這事怎麼都這麼巧？看樣子自己得留點神了。

2

雍和宮。賈思靜舉著旅行社的小旗，和另外一個導遊女孩，帶著二三十位遊客，正在一個大殿看僧人們做法事。大殿裏鼓樂齊鳴，香煙遼繞，一派神秘祥和的景象。思靜小聲向身旁一個老年遊客解說著什麼，同時微笑著向一個打算攝影的遊客擺擺手，提醒他這裏不准照相。

外邊，周克領著千玨，正在停車點停自行車。兩個人鎖好車，又在路旁的小攤上買了一大把香，然後買了門票，進了雍和宮。

遊人挺多，一進門，千玨又把周克的胳膊挽住了。他們看了幾個偏殿，最後也進了那個做法事的大殿。他們剛一進來，眼睛還不適應，沒有發現已經在裏邊的思靜，但是思靜卻一眼看見了他們。

賈思靜小聲對另外那個導遊說了幾句話，然後躲到一邊，偷偷看著周克和千玨。

法事做完後，周克與千玨離開大殿，又去另外幾個殿裏轉了轉。兩個人一直挽著胳膊。思靜也一直不遠不近地跟著他們。直到周克與千玨出了雍和宮，思靜才決定不跟了。但是轉念一想，幹嘛不跟？今天她一定要看看姐夫與這個女孩究竟會幹什麼，看看他們的關係究竟到了什麼地步！

但是看見他們從自行車棚裏取了自行車，兩個人一人一輛騎上走了，思靜還是愣了一下。但她隨即又攔住一個騎自行車的小夥子，掏出一百塊錢摔給人家，說，借你的車用一下！也不管小夥子願意不願意，從手裏奪過自行車騎上追了過去。她已經騎出去幾十米遠了，小夥子還追著她喊：「嗨，妳是不是女便衣員警啊？」

周克與千玨並排騎著自行車。兩個人一會兒快蹬，一會兒慢騎。騎了一會兒，周克看千玨出汗了，便讓千玨不用蹬了，他一手扶著車把，一手扯著她的一隻胳膊，帶著她走。千玨快樂地大聲笑著，叫著，結果樂極生悲，把路邊一個員警招過來了。

「下來下來！」員警用指頭點著周克，讓他們下來。

周克心裏說了一句壞啦，然後老老實實下了車。千玨吐了下舌頭，也下來了。

員警同志敬了個禮，說：「你多大歲數啦還玩這個？萬一把你女朋友摔了怎麼辦？」

周克趕緊申辯說：「不是女朋友，是妹妹。」心裏說：這員警什麼眼神？亂點鴛鴦譜！

員警說：「不管是妹妹還是女朋友，這樣做都很危險你懂不懂？好啦，看你們兄妹挺高興的，就不破壞你們的興致了，罰款免啦。但不許再這樣玩了。」

周克千玨連著說了幾句謝謝謝謝。然後騎上車子走了。

不遠處，思靜把這一幕看得一清二楚。她不想再跟了，心裏有些替姐姐難過，也有些憤憤不平。她停下來，撥通了姐姐的手機。

姐姐賈思甯一如既往，仍然揮汗如雨，在舞蹈教室指導她的學生們排練。她拿起手機，問妹妹什麼事？思靜想說又沒法說，只好說沒什麼事。賈思甯說：「沒什麼事妳打電話幹嘛？神經病！」

3

形勢嚴峻。歷史到了最危急的關頭。

看樣子，不直接出面干涉不行了。賈思靜決定找姐夫談談，決定以小姨子的身分好好敲打敲打姐夫。

當天下午，周克把千玨送回住處後，本來還想留下來再陪陪她。千玨說你走吧，不要讓和紘和她媽媽再替你擔心了。周克心裏也不知是第幾感覺作用，今天想急著回去。便離開那裏往回趕。

路上，手機響了。是小姨子思靜打來的。

「姐夫，在哪兒？」

「在路上。思靜，有事嗎？」

「沒什麼事，想和你一塊吃頓飯。」

「那好辦。妳到家裏來。我現在正往回趕，一會多做幾個菜，讓妳解解饞。」

「不。我不想去你那裏吃。」

「那也行。改天吧，改天我去爸媽那裏，做好吃的請妳。」

「不。我想單獨和你吃頓飯。不要別人參加，就你我兩個人。」

周克就覺得有點不對勁了，沉默著。

「怎麼，我一個人還請不動你呀？」

「不，不，不是那個意思。行吧，妳說吧，什麼時候？」周克趕緊說。

「就今天，現在。我已經找好地方了，就在這等你。」思靜隨後說了個餐館的名字。周克正好也知道那裏，便心裏七上八下的，往那裏趕去。

周克到的時候，思靜已經佔好了位置，點好了菜。他一到，思靜挺客氣地說了句：「姐夫，你請坐。」臉上的表情不冷不熱，說話的語氣公事公辦。周克一聽，心裏就說了句：「壞啦！」臉上的表情就尷尷尬尬，往日姐夫與小姨子沒大沒小的隨便感覺，一點也找不到了。

菜上齊了，還開了一瓶乾紅。周克說別喝酒了吧？思靜說不喝酒怎麼行，正想借著酒力和你說話呢！說著把兩個杯子都滿上了。卻不端杯，也不動筷子，就那樣直愣愣地盯著周克看著，看得周克全身直發毛。

思靜覺得盯得差不多了，舉起酒杯，轉著，一邊看著裏邊的酒，一邊像是自言自語地說：「姐夫，有句話，不知你聽到過沒有？」

周克誠惶誠恐地看著小姨子，問：「什麼話？妳說。」

「男人不壞，女人不愛。聽說過吧？別給我說你沒聽過！說真話！」

「聽說過。」周克不明白小姨子這一槍是虛是實，不好接著，只好這樣說。

「那我姐那麼愛你，就說明你是個壞男人了？」思靜把目光從酒上移開，盯著周克問。

周克給問傻了。小姨子乘勝追擊，說：「回答不上來了吧？沒關係。回答不上來就喝酒。不是強迫你喝，是我喝。」思靜說著，把手中的酒杯與周克的酒杯碰了一下，也不管他喝不喝，自己一仰脖子，乾了。

周克慌裏慌張端起杯子，也只好乾了。思靜喝完一杯，又給兩個杯子滿上，接著說：「姐夫，你玩得挺瀟灑呀！什麼時候也那樣帶著我和我姐玩一把，只是留神別讓員警逮著就是了。」思靜說完端起杯子，又與周克的酒杯碰了一下，還是像上一杯一樣，不管周克喝不喝，自己一仰脖子，乾了。

周克只好也乾了。他一下子還沒有反應過來，不知道小姨子說的玩瀟灑是什麼意思——他哪裡能想到今天那一幕全給小姨子看到了。

思靜喝完第二杯，又給兩個酒杯都滿上。接著說：「長期以來，我心中一直有一個楷模。不管別人把男人說得有多複雜，有多壞，我始終相信我心中這個楷模是個好人，是個好男人。我甚至準備參照這個楷模，以這個楷模為標準找男朋友呢！姐夫，你知道我的這個楷模是誰嗎？」

思靜說著，忽然哭了，淚眼婆娑地看著周克，傷心地說了句：「你太讓我失望了！」然後喝了杯中酒，扔下呆若木雞的姐夫，走了。

周克呆坐了十來分鐘，起身要走。服務小姐喊住他說：「先生，你的帳還沒有結呢！」周克付了錢，然後像隻鬥敗的公雞似的，垂頭喪氣地離開了。

4

小平房裏，千玨正在打電話。電話通了，童童從她手裏搶過電話，說：「我來講我來講。我來告訴周老師。」

周克丟魂失魄地在路上走著，手機響了，他一直沒接。

千玨又重撥了一遍。

這次周克接了。

「周老師，我是童童。」

「童童你好。」周克機械地說。

「周老師，你知道明天是什麼日子嗎？」

「不知道。明天是什麼日子？」

「明天是姐姐的生日。我們應該給姐姐過一個最最快樂的生日！」

「是。應該。我們應該給她過一個最最快樂的生日。」周克木然地答應道。他忽然想到這可能是千玨在人世間的最後一個生日了，馬上補充說，「童童，你說的對。你先別告訴姐姐，咱們好好想想她這個生日該怎麼過。一定要給她一個意外的驚喜！」

周克家裏，和絃在給自己做晚飯。爸爸這陣晚上不回來吃飯。媽媽的一個學生病了，剛才來電話說她也要晚回來，讓和絃自己去食堂吃。和絃覺得去食堂吃還不如自己動手做呢。便按自己的食譜在廚房幹上了。

她先切蘿蔔剁蔥，按自己的口味做了個沙拉。看看沒湯，便開了袋速食麵，用裏邊的料做了個雞蛋湯。一嚐味道還挺不錯。沒有主食，就是一盤沙拉，一碗湯。也不知她這食譜是根據營養學上的哪條原理搭配的。

吃完飯後，她打開書包，從裏邊拿出一個包裝精美的小禮品盒。她很想打開禮品盒再看看裏邊的東西，但是又怕打開後自己再包不好。便強忍著沒有打開。只是把禮品盒轉來轉去看了半天，然後又放回書包藏起來了。

賈鶴鳴家裏，一家人在一邊吃飯，一邊商量第二天給賈思甯過生日的事。賈思靜看上去心裏特別煩，一聽說給姐姐過生日，便說：

「年年過生日有什麼意思嗎？要過大姐他們自己過去，你們每年摻和人家的生日幹什麼？」母親一聽，說：「噯思靜，這我就得問妳啦。年年妳姐過生日，都是妳提出來要摻和，要讓妳姐他們一家到咱們這邊過。怎麼現在反過來說我和妳爸摻和啦？」

賈鶴鳴看著老伴和女兒笑，不說話。

賈思靜說：「往年是往年，今年是今年。」

「往年怎麼啦？今年怎麼啦？今年妳姐的生日就不算生日啦？」母親和女兒較上勁了。

賈鶴鳴看娘倆再說下去該嗆上了，便說：「怎麼啦思靜？妳姐惹妳啦？」

「我姐惹我幹什麼？」

「那誰惹妳啦？」母親問。

「誰也沒惹我！」

「誰也沒惹妳妳幹嘛不高興？」

「我惹我啦行不行？我自己想讓自己不高興行不行？」思靜說著，飯也不吃了，站起來說，「我姐今年的生日，你們愛怎麼過怎麼過，反正我不參加。」

老倆口相互看了一眼，不知道二女兒今天是怎麼啦。賈鶴鳴說：「要不給思甯或者周克打個電話，聽聽他們的意見——弄不好，他們都把這件事忘啦。」

鄭雅愛說：「思甯有可能忘了，但周克絕對不會忘。電話你打吧。先問問他們也對。」

賈鶴鳴這邊正起身準備打電話，賈思靜聽了母親那句話，腦子一轉，卻又改了主意，攔住父親說：「算啦算啦，老爸你別打電話啦！還像往年一樣，讓我姐他們全家到這邊來過生日吧。」

賈鶴鳴和鄭雅愛就奇怪地看著思靜，不明白女兒這個思想彎子是怎麼轉過來的。鄭雅愛說：「嗳思靜，妳這是搞什麼名堂？剛才還說妳不摻和，怎麼一轉臉又摻和上了？」

「剛才我不高興，現在我又高興啦。怎麼，不行啊？不過我有一個要求：不許打電話提我姐過生日的事，就說要他們過來吃飯。」

「那是為什麼？」

「這還不明白嗎？給我姐一個意外的驚喜嘛！」

賈鶴鳴鄭雅愛立即贊成，說對對對，這樣好。讓妳姐好好高興高興。

賈思靜小聲嘀咕了一句：「高興不高興，還難說呢！」

鄭雅愛問：「妳嘀咕什麼呢？」

賈思靜說：「我說我姐肯定高興。」

5

賈思甯果真把自己的生日忘了。

但是舞蹈班她那些學生可沒有忘。

第二天上午，賈思甯一進教室，就覺得氣氛有點怪。二三十個女孩站成幾排，她向她們喊了聲：「同學們好！」但是女孩們沒有像往常那樣回她那聲老師好，也沒有向她鞠躬。她正覺得奇怪呢。舞蹈隊的班長走出佇列，有些神秘地微笑著對她說：

「老師，請妳閉上眼睛。」

「幹什麼妳們？又玩什麼花樣？」她笑著說。

女孩子們七嘴八舌地嚷閉上閉上，我們求您了。

賈思甯就笑著把眼睛閉上了。

她閉上眼睛後，女孩子們迅速打開一塊紅布，那塊紅布剪成一個巨大的心的形狀，上邊印著幾十雙金黃色的小腳丫——舞蹈班全體女孩，把自己的腳丫全印到這塊紅布上了。兩個女孩牽著賈思甯的手，讓她站在心的中央，然後說：「老師，請您睜開眼睛。」

賈思甯睜開眼睛，看見自己站在一顆「心」上。女孩子們圍在她的四周，全體光著腳丫，各自站在自己的那雙腳丫印上。班長把一束鮮花獻給她。向她深鞠一躬。說：「生日快樂！」全體女孩子也齊聲喊：「生日快樂！」

賈思甯的眼睛濕了，她彎腰脫下舞蹈鞋，讓一個女孩拿來顏料，把自己的腳丫也認真地印在紅布上。然後對孩子們說：

「謝謝妳們！謝謝！謝謝妳們記著今天是老師的生日。謝謝妳們送給老師的這份特殊的生日禮物。老師將永遠珍存她，永遠珍存妳們對老師的這份寶貴情誼……」

她說不下去了，擦了下流出來的眼淚，繼續說：「平時，老師對妳們太嚴厲了，太狠了。請妳們原諒老師。妳們都是好孩子，都是最要強最有出息的好女孩。我愛妳們……」

女孩們全都流淚了，一起說：「老師，我們也愛妳……」

6

周克帶著童童，正在一家超市採購。

他們買了魚、蝦，還買了一盒包裝精美的巧克力。童童跟著周克，興奮得滿臉通紅。他生平第一次逛超市，不停地問這問那。周克一一向他解釋著。兩個人看上去像一對父子。不少人看他們，有人說這孩子挺可憐的。也有人說孩子可憐，我看這當爹的更可憐！帶著個瞎子逛超市，也不知有什麼逛頭？在付款台結帳時，收款的小姐只顧看童童了，連電腦打出的貨單都忘了往下撕。還是在一旁幫顧客裝東西的一個老太太提醒了一下，才慌忙撕下來遞給周克。周克帶著童童都走出去十多米了，還聽見老太太對收款小姐說：「也難為這當爹的了。」

周克帶著童童從超市出來後又進了一家西餅店。他們在這裏為千玨訂了個蛋糕。這家西餅店的蛋糕是現訂現做。周克在樣品櫃看了看，選中了一種九十六元的。不是很大，但樣式很別緻。「就要這種。」周克對店裏的小姐說。小姐下了單，然後讓他們坐在旁邊，看著做蛋糕的師父給他們現做。童童看不見，周克就給他講。店裏的小姐和幾個顧客也都看他們。有個顧客還買了塊小點心遞給童童。周克說了聲謝謝，讓童童接了。童童接了後，也說了聲謝謝。

蛋糕做好後，周克又帶著童童到了一家花店。

「請問，一般女孩過生日，送什麼花比較合適？」周克問花店的小姐。

「那要看多大的女孩？什麼人送？」小姐很專業地問。

「十六七歲吧。長輩送她的——也不算長輩，算她的哥哥或舅舅送她的吧。」周克說。

小姐說：「那送水仙比較好。清純，高雅，也有關愛的意思。你看怎麼樣？」

「挺好。清純，高雅，又有關愛的意思。請妳幫忙選九朵最好的。價錢貴點也沒關係。」周克說。水仙花選好後，周克又要了幾枝滿天星，讓小姐一塊包好，付完錢離開了。

7

賈鶴鳴家裏。

鄭雅愛在廚房準備晚飯，賈鶴鳴在旁邊給她打下手。鄭雅愛一邊往碗裏打煎魚用的雞蛋，一邊說：「噯，周克今天是怎麼回事？往年思甯過生日，他都是提前半天就趕過來幫我一塊準備飯菜，今年這是怎麼啦？」

賈鶴鳴說：「肯定是忙唄！」

「再忙還在乎這半天？該不會是忘了吧？」

「不可能。思甯自己忘了倒有可能。但周克肯定不會忘記——唉，這話不是妳昨天說的嗎？」

賈鶴鳴說著笑了。

鄭雅愛說：「都怪思靜那死丫頭，非不讓打電話提醒他們。萬一他們一家全忘了，我看做這麼多菜怎麼辦！」

「思靜不是說了，要給姐姐一個意外的驚喜嘛！」賈鶴鳴說。

正說著，賈思靜回來了。進門就問：「爸，媽，我姐他們來了嗎？」

鄭雅愛說：「妳不會用眼睛看——沒來。都是妳出的好主意。」

思靜說：「也沒來電話？」

「沒有。」

「我姐夫呢？也沒來電話問一聲？」

「也沒有。」

賈思靜就冷笑了一聲，說：「果然如此，我早料到了。」

鄭雅愛就問她：「妳料到什麼啦？陰陽怪氣的。」

思靜趕緊說：「沒什麼沒什麼。我自言自語一句都不行啊？」

沒想到，第一個到的是和紘。

和紘放學後沒有回家，直接就到姥姥姥爺家裏來了。和紘大概也是想給媽媽一個意外驚喜，昨天給媽媽把生日禮物準備好後，也是守口如瓶，既沒告訴媽媽，也沒告訴爸爸。來了後，本來以為爸爸媽媽已經到了，一看爸媽還都沒有來，更得意了，說：「姥姥姥爺，你們猜我給我媽媽準備的生日禮物是什麼？」

姥姥姥爺說這我們哪裡能猜得著。和紘就又讓思靜猜。思靜這會兒哪有心思猜她的禮物，有些不耐煩地說去去，別煩我。和紘就有些奇怪地說：「小姨妳怎麼啦？我今天可還沒動妳的電腦呢，妳怎麼就這麼煩我呀？」賈思靜趕緊又陪著笑臉哄她說：「小姨不是煩妳，小姨是心裏有別的事。」

賈思甯第二個到。

要不是那幫女孩子提醒，她真的把今天是自己生日給忘了。上午被感動得哭了一鼻子，中午本來想給周克打個電話說說，但想了想又沒打。心想等晚上一塊過生日時再說吧。下午回到家裏，一看周克與和紘都不在，心想肯定都到爸媽這邊來了。心裏還挺高興挺感動。於是高高興興趕過來了。

一進門，和紘便搶在所有人前邊，第一個迎上去，舉著那個禮品盒遞給媽媽，說：「生日快樂！」

賈思甯差點又感動得落淚，接過小盒，一邊說謝謝女兒，一邊親了女兒一下。

打開禮品盒一看，裏邊是個很精緻的髮卡。

和紘問：「喜歡嗎媽媽？」

「喜歡。謝謝女兒！」賈思甯說，說完問，「妳爸呢？妳和他一塊來的吧？」

和紘說：「我爸還沒來。」

賈思靜說：「姐夫今天什麼時候來，就不好說了。」

賈鶴鳴鄭雅愛趕緊攔住思靜的話，說周克可能有事，得晚到一會兒。沒關係，咱們等一會兒。他來了就開始。

和紘還補充了一句：「媽媽，我老爸對妳是一往情深，他今天破例晚到，肯定是給妳準備了一件更加特別的生日禮物，準備讓妳更加更加意外驚喜一下呢！」

第十四章

1

小平房裏。周克和童童，正在給千玨過生日。

餐桌上，除了幾樣菜外，是那個蛋糕。蛋糕上插著十七支紅蠟燭。周克把折疊桌的支架放低了，又把幾把椅凳上的坐墊全取下來放在地上，這時幾個人就跪在坐墊上。他點燃了紅蠟燭，然後關了燈。千玨興奮得全身微微哆嗦著，問：「開始嗎？」周克說：「先別忙。千玨，妳閉上眼睛，我和童童還要送妳一樣生日禮物。」千玨閉上眼睛後，周克變戲法似的，從餐桌的下邊拿出一個花環——花環是用柳枝編的，上邊插著那九朵水仙花和一圈滿天星。這個花環不知周克是什麼時候編的，在燭光下，那九朵水仙和一圈滿天星，真像天上的星星般閃著迷人的光彩。周克輕輕給千玨把花環戴上，然後說：

「美麗非凡的水仙仙子，睜開眼睛吧！」

千玨睜開眼睛，她伸手摸著頭上的花環，眼淚止不住流了出來。童童也伸手輕輕摸著那個花環，也流淚了。周克的眼睛濕了，他情不自禁地靠過去，輕憐蜜愛地抱住千玨，在她的額頭吻了一下，接著充滿愛意地說了句：

「天長地久，生日快樂！」

隨後三個人一起，吹滅了蛋糕上的紅蠟燭。

賈思甯這邊，一家人還在等周克。

鄭雅愛說：「思甯，要不還是給周克打個電話吧。這會兒也該到了。」

賈思甯說：「別打。一打就沒意思了，成了我求著他，讓他來給我過生日了。」說著笑了，顯得十分自信。

賈鶴鳴沒說話，笑著，但心裏開始有點不踏實了。

又過了一會兒，賈鶴鳴說：「思甯，還是打個電話吧。他事情多，別真給攪和忘了。」

賈思甯說：「他敢！他要是敢把我的生日忘了，看我回頭怎麼治他！」

賈思靜也說：「對，不用打。姐夫又不是國務委員，還能忙得連大姐的生日都忘了？」

和紘也說：「不用不用。我老爸這會肯定大步流星，正在往這裏趕呢！」

但是又過了半小時，還是不見周克的人影。

賈思甯有些沉不住氣了。說要不別等他了，咱們開始吧。賈思靜說那怎麼行？妳過生日他不參加算怎麼回事？再等等，一定得等他來。但是又等了一刻鐘之後，賈思靜也沉不住氣了。跑到廁所，偷偷用手機給周克發了條簡訊。

周克這邊，三個人正在屋裏玩老鷹抓小雞。周克當母雞，千玨躲在他的身後，抓著他的腰當小雞。童童自然成了老鷹了。睜著瞽目撲著抓著。一會兒就把千玨抓住了。接著兩個人交換，千玨又成了老鷹，童童又成了小雞，躲在周克背後讓千玨抓他。不一會千玨也把童童抓住了。這回輪到周克當老鷹了，千玨護著童童，躲來躲去。周克張開臂膀，一下子把姐弟倆同時抱在懷裏，三個人開心地大笑起來。千玨趁周克沒注意，猛地在他臉上親了一下。兩個人的臉同時紅了。正在這時，手機響了。

周克打開手機，看見上邊是這樣一條簡訊：

你大概忘了今天是我姐的什麼日子了吧？

沒頭沒尾，就這麼一句話。周克一看號碼是小姨子的，心裏喊了一句壞啦！額頭上的汗馬上冒了出來。他這才猛地想起，今天正巧也是思甯的生日！

這下不是一般的壞事，這下是壞了大事啦！周克告訴千玨和童童他有點急事，然後再次對千玨說了句生日快樂，準備離開。千玨猛地撲到他的懷裏，摟住他，仰起臉說：

「你再親我一下好嗎？」

周克便輕輕地又親了下女孩的額頭。然後離開了。

千玨流著淚，站在小平房的門口，一直望著周克消失在夜幕中。

3

一急三亂，一亂三昏。周克一急，糊裏糊塗又跑錯地了：他先趕回家裏，一看家裏沒人，這才扭頭又往北太平莊趕。等到這邊家裏時，已經八點多了。

一家人都在等他。

岳母大人自然不會埋怨女婿，說來了就好，抓緊開始吧。岳父大人也說開始吧開始吧。但是賈思甯坐著不動，不理他。思靜也不理他。女兒倒是理他了，但女兒說出來的話，又把周克頂了個跟頭！

「爸，你給我媽媽準備的生日禮物呢？我們全都等著你給媽媽一個意外驚喜呢！」

周克傻啦，他什麼都沒準備。只好說明天補上，明天一定補上。

賈鶴鳴一看形勢不妙，說：「先吃飯吧。一邊吃一邊說。反正又不是過今年這一個生日，明年再補也不遲。」鄭雅愛也在一旁緊著勸和，一家人總算圍著餐桌坐下了。周克趕緊表現，主動起來倒酒。給岳父母先倒，然後給老婆倒，接著給小姨子倒。再接著是女兒，最後才給自己倒上。

酒滿上以後，周克站起來，說：「對不起，我來晚了，先自罰一杯。」說完自己乾了。然後倒上酒，舉杯說：「思甯，生日快樂！請大家舉杯，乾！」

賈鶴鳴鄭雅愛回應著，舉杯說乾。和絃也舉杯，說：「祝媽媽生日快樂！」賈思甯雖然不高興，但不願意讓周克太下不來台，也舉起杯子，說：「等著，回去再跟你算帳！」算是原諒他了。但賈思靜卻看著周克，不端杯子。

周克笑著，對思靜說：「怎麼啦小姨子？是不是埋怨姐夫沒即時給妳介紹一位長期『客戶』啊？」

賈思靜不接茬，也不笑，突然問：「你先說，你今晚到哪裡去啦？」

「沒去哪裡，就在團裏呀！」

「哼哼！就算你今晚在團裏。我再問你，這一陣你每天晚上都到哪裡去啦？」

「沒去哪裡呀？不就是到飯店演奏嗎？」

「恐怕不是吧？恐怕還去了別的地方吧？」賈鶴鳴鄭雅愛看再問下去，非問出什麼事不可，忙攔住二女兒，不讓再往下說。但是賈思甯不幹了，說：「讓思靜問，讓他說，這一陣晚上都去了哪裡，都幹什麼了？」

周克只好硬著頭皮把謊話堅持到底了，說：「除過演出，我還能去哪裡？還能幹什麼呀？」

賈思靜終於按耐不住了，說：「你騙人！你敢說你沒去過別的地方？敢說你沒幹別的事情？那讓人家小女孩挽著胳膊的那個男人是誰？騎著自行車帶著女孩瘋玩的又是誰？」思靜說著，氣哭了，說，「你太對不起我姐了，太讓人失望了！從今以後，我沒你這個姐夫，你也沒我這個小姨子！咱們兩清！」思靜說完，憤怒地站起身，哭著回自己的小屋裏去了。

一桌子人全傻啦。

4

周克想解釋。可是這件事三言兩語怎麼解釋得清楚？更何況，眼下誰願意聽他解釋？小姨子拂袖而去；岳父母大人也聽得丈二和尚摸不著頭腦，眼睛裏對這個楷模女婿也起了疑問；和紘雖然還不諳世事，但也能聽出爸爸做了什麼對不起媽媽的事情，也不理他了；賈思甯就更不用說了。賈思甯如受雷擊，呆坐著一句話也不說。周克剛說了句妳聽我解釋，賈思甯便歇斯底里地喊道：「你別解釋！我不聽！你走開！我不想看見你！」

賈鶴鳴過來勸周克說：「要不你與和紘先回去吧，讓思甯一個人在這邊住兩天再說。」

和紘說：「不！我不回去！我要和媽媽在一塊！」

周克只好一個人離開了。

周克走後，賈思甯才嗚嗚哭了起來。

鄭雅愛到小屋問思靜究竟是怎麼回事？思靜說：「我沒臉說！妳讓他自己說去！」

5

周克一個人，在夜晚的北京大街上孤獨地走著，看上去像個無家可歸的遊魂。

一切全都亂了，他腦子裏也亂成了一鍋粥。一輛計程車看見他一個人走路，緩緩靠到路邊，司機探出頭主動問他：「用車嗎？」

周克沒好氣地說：「我說要車了嗎？走開！別煩我！」

司機討了個沒趣，罵了句神經病，把車開走了。

周克一個人回到家裏，老婆女兒不回來，這個家便沒有家的感覺了。周克不知道事情怎麼會演變成這樣？他不明白自己究竟做錯了什麼，做對了什麼？也不知道下一步該怎麼辦？

第十五章

賈思靜決定單槍匹馬，出面會會那個把姐夫搞得神魂顛倒的女孩，看看她到底是何方神聖，到底靠什麼把姐夫迷得居然連大姐的生日都能忘了！

第二天下午，賈思靜搭車找到那處平房來了。

千玨和童童都在家裏。直到這時候，賈思靜才知道童童原來是個盲童。放在以往，她會產生一點憐憫之心，因為一個女孩帶著一個瞎眼弟弟，畢竟日子不會好過。但今天情況不一樣。今天她心裏想的是：即使妳有一個瞎眼弟弟，即使妳的日子不好過，那也不應該勾引人家有婦之夫，尤其是不應該勾引我的姐夫呀！同時，她看了千玨一眼，便感到這個女孩的確長得很漂亮，很招人疼愛，但越是這樣心裏的火便越往上攻！一時間怒從心頭起，惡向膽邊生，心裏已經想好了：不能客氣，也不能心軟，什麼話狠就說什麼話，專揀對方的心窩下刀子！

千玨沒看出對方來者不善，她以為這個看上去比自己大兩歲的漂亮姐姐是找錯地了還是有別的事情。挺熱情地請思靜坐，並且張羅著給她倒了杯水。

思靜不坐，也沒接那杯水。上來就說：「咱們能找個地方單獨談談嗎？」——她還是覺得有些話不宜當著那個小男孩講，於是先客氣了這麼一句。

千玨說：「可以啊。」她雖然心裏還不堪明白，但已經覺出點什麼了。

童童挺懂事，說：「姐姐，那我出去一會行嗎？」

千玨說你別出去了，我們到外邊說會話。隨後兩個人出了小平房，在外邊找了家小茶室坐了。

「我能問一下妳是誰嗎？或者說妳知道我是誰嗎？因為我好像不認識妳。」千玨說。

賈思靜說：「沒必要！妳沒必要知道我是誰，我也不想知道妳姓什麼叫什麼。」

「哪咱們談什麼呢？或者說，妳想要我做什麼呢？」

「我想要妳做的只有一件事：離開妳現在正在糾纏著的那個男人！」賈思靜冷冷地說。

千玨一下子懵了，她第一次聽到別人這樣說她。她想到了周克，但是她怎麼能說她是在糾纏他？怎麼可以這樣詆毀她對他的感情呢？而且，千玨也弄不清楚她是周克的什麼人。她不像是他的老婆，也不像是他的女兒，那她是他的什麼人呢？千玨沒想到小姨子這一層關係。她有些慌亂地說：「對不起，我不知道妳這話是什麼意思？」

賈思靜說：「妳不知道是什麼意思嗎？那好，那我就給妳說得再明白一點吧！妳知道不知道，妳正在糾纏的男人是個有婦之夫，他原本有一個十分美滿的家庭，現在這個家庭眼看就要讓妳毀掉了——我真不明白，妳看上去是個挺清純挺漂亮的女孩，不像是隻雞。但是妳怎麼能做這麼無恥的事情呢？我不管妳是圖錢還是圖別的什麼，總之妳必須離開他。否則，咱們走著瞧！」

賈思甯說完，拍了一張百元大鈔在茶桌上，算是付帳。然後揚長而去。

千玨呆呆地坐著，眼淚像決口的河水似的湧了出來。

一直到那家茶室打烊，千玨才搖搖晃晃回到小平房。她一直在流淚。童童問她怎麼啦。她不說話，仍然在流淚。她讓童童先睡了，然後一個人坐在桌前開始寫信。她一邊寫一邊流淚，信紙被打濕一大片。

2

第二天，千玨領著童童，來到一家孤兒院。

政府正在施行社會救助工程，孤兒院很痛快地接收了童童。

千玨把寫好的那封信交給童童，讓他過幾天再轉交給周克。她又給童童留了點錢，讓他平時零用。最後，千玨流著淚對童童說：

「姐姐要走了。姐姐多麼想一直陪著你，但是現在不行了。以後就靠你自己照顧自己了。」

童童哭著說：「姐姐，妳為什麼要走？妳要去哪裡呀？」

千玨說：「姐姐要去一個不再影響別人，不再會給別人帶來麻煩的地方。姐姐會來看你的。周老師也會來看你的。」

童童說：「妳等周老師來了再走不行嗎？」

千玨說：「姐姐不能等他了。姐姐這一生，可能再也見不著他了。」千玨說著，淚如雨下。童童抓著她的手不放，她替童童擦著眼淚，強忍著掰開童童的手，最後說了句：「童童，不要忘記姐姐！」然後流著淚跑開了。

千玨離開孤兒院後，用手機給台灣家裏打了個電話。電話是哥哥接的。她告訴哥哥自己一切都好。又讓哥哥轉告奶奶，說她想奶奶，想台灣的家。

給台灣家裏打完電話後，她又撥通了周克的手機。

電話通了，她聽到周克在那邊喂了一聲。她沒有說話，眼淚嘩嘩地流著關了手機。周克那邊立即把電話打了回來，她流著淚，聽鈴聲一遍又一遍響著。一輪鈴聲響完後，周克再次打了過來。她還是沒有接，最後忍著淚按了拒接鍵。並隨即關閉了手機電源。她知道，自己再也用不著它了。

3

周克陷入了哭笑不得的兩難境地。

接完千玨那個莫明其妙的無聲電話後，他本來想去小平房看看。但是一想眼下後院失火，還是先把這頭的火撲滅了再去吧。

當前的中心任務，是先把老婆女兒接回家。

女兒還好辦，女兒第二天就自己回來了。但是女兒並沒給他好臉。女兒進門後，也不叫他，像討債似的，直接問他：

「你把我那十本動漫書呢？還給我！」

周克這才想起他給千玨借的那十本動漫書還在千玨那裏呢。慌忙說：「行行，老爸過兩天就給妳要回來。」說完又問女兒，「妳媽媽還生氣嗎？」

和紘說：「我不知道，你自己問我媽去！」說完進了自己的小屋，把門一閉，不理他了。

女兒不幫忙，只好求助於岳父母大人了。

第二天，周克趁賈思甯下午上課工夫，去了岳父家。他自然不是空手去的，水果營養品帶了好幾大包。進門先叫媽後叫爸，聲音雖然比平時響亮，但也有幾分慚愧。岳父答應得一如往常，岳母大人的答應就有幾分勉強了——平時岳母大人對這個女婿的期望值太高了，現在斜刺裏殺出這麼一檔子事，把岳母大人心目中那個楷模女婿的形象一下子打碎了。

賈鶴鳴怕女婿尷尬，沒等周克落座，就對周克說：「走走走，別在家裏麻煩你媽了。咱們翁婿倆今天去外邊找個地方喝兩杯。」說著給了周克一個眼神。周克會意，只好對岳母抱歉地笑了一下，跟著岳父出了門。

翁婿倆在一家小菜館，找了個位置坐了。

賈鶴鳴開宗明義，說：「周克，我叫你出來，可不是為了聽你解釋那天的事情。今天咱們訂個規矩，什麼事都能說，就是不准提那天的事，成不成？」

周克感激地說：「爸。成。」

周克點了四個菜，酒是小瓶的二鍋頭，翁婿倆一人一瓶。周克給岳父把酒瓶開了，兩個人碰了一下，各自抿了一口，邊吃邊聊起來。

「團裏最近忙不忙？」賈鶴鳴問。

「不怎麼忙。現在我們除了給電影電視劇配樂，基本上沒什麼專場演出，所以不是很忙。」周克說。

「聽思靜說，你這陣晚上在外邊走穴演出，還搞得挺緊張的？」

「也不怎麼緊張。基本上是隔一天出去一次。」

「是啊，當男人的，不想辦法掙錢是不行。你們現在不像我跟你媽當年，我們那時候人們對掙錢這個概念和現在不大一樣。那時候基本是供給制，什麼東西都憑票供應。你掙錢再多，買不到東西也白搭。現在不一樣了，現在你只要有錢，好像沒有買不到的東西。所以一些人掙錢都掙瘋了。」

周克就笑，說：「爸，你不是說我吧？」

賈鶴鳴也笑了，說：「不是不是。我這是一般而言。其實你掙的也是點辛苦錢，跟掙錢掙瘋了是兩碼事。」

周克說：「爸，我不知道你跟我媽當年是怎麼想的。有時候，我看見人家有的男人給老婆買高檔衣服，買高級化妝品，買車，買豪華別墅，心裏好像覺得怪對不住思甯的。」

「是不是思甯說什麼啦？」

「思甯倒沒說過什麼。我是自己心裏這樣覺得。爸，說出來不怕你笑話。有時候我陪著思甯逛商場，一走到高檔服裝區，一看見那些標價一兩千甚至五六千的服裝，我就想拉著思甯趕緊走。思甯偏偏不走，偏偏說買不買，看一看還不行嗎？我心裏就覺得挺狼狽，挺沒面子的。」周克說著笑了。

賈鶴鳴說：「這個問題上咱翁婿倆的處境正好相反。你媽現在逛商場，總是拉著我往那些便宜地方跑，弄得我也挺沒面子的。」說完哈哈笑了。

翁婿倆舉起小酒瓶碰了一下，夾了兩口菜。周克又說：「爸，其實有時候我想，錢這個東西確實很值得研究。現在市井流傳一句『格言』：金錢不是萬能的，但沒有錢是萬萬不行的。這話聽上去很有道理。是，金錢不是萬能的，有些事光有錢是辦不成的。沒有錢是萬萬不行的，這話也對，沒有錢現在恐怕什麼事都辦不成。但我總覺得這是句廢話！你說這個道理誰不懂呀？」

賈鶴鳴說：「這句話我聽說過，倒沒想過是不是廢話。我還聽過另外一句市井格言，說現在有種說法，叫男人有錢便學壞；女人學壞便有錢——好像是從思靜嘴裏聽到的。你說這都叫什麼話？我不是教人學壞嗎？」

周克就不敢再順著這個話題往下說了，心想再說下去就該惹火燒身了。急忙轉移話題，想往別的方面扯。但是岳父大人不讓他轉移。岳父大人剛才開宗明義，說今天不談那天那件事情，但是幾口酒下肚，岳父大人耐不住還是想說說那天的事。不過岳父大人畢竟是長輩，話說得不是那麼直接。岳父大人又喝了口酒，然後總結性地說道：

「周克，爸給你說，男人這一輩子有兩件事最難：一件是立業，一件是成家。立業這件事，你不能說功成名就，但起碼在你這個行當算是站住腳了；成家這件事，你是家也成了，孩子也有了。你們也一直過得和和美美，我和你媽也一直為你們高興。你媽是逢人便誇自己有個好女婿，心裏對你真比對親兒子還要親。但是，就像人們說的創業容易，守業難一樣，要把這個家守下去，要十年二十年三十年四十年，要一輩子兩個人和和美美這樣過下去，卻不是件容易的事。這期間小磕小碰難免，但不能有大的閃失，不能越大格出大錯，兩個人誰都不能。思甯找你這麼個男人不容易；反過來，你找思甯這麼一個女人也不容易。兩個人都要珍惜……爸這話不是說你，爸是泛泛而言。爸知道，你是明白人，爸的意思你能明白……」

周克就笑，說：「爸，我明白，明白。」

4

老婆的事情還沒有擺平，這天下午，周克忽然接到童童的電話。童童的電話是從孤兒院打的，是孤兒院一個阿姨幫他撥號碼的。童童一聽到周克的聲音便哭了。他問童童怎麼啦？童童哭著說：「千玨姐姐走了。她給你留了一封信。」他問童童你現在在哪裡？童童說他已經不在原來那間平房了，千玨姐姐臨走前把他送到孤兒院了。周克問了孤兒院的地址，然後馬上趕去了。在路上，他連著打了幾次千玨的手機，服務小姐都是說：對不起，你所撥打的用戶已經停機。

周克趕到孤兒院，一見童童，馬上問他究竟怎麼回事？千玨為什麼突然走了。童童哭著說他也不清楚。他問童童她去了哪裡？童童說姐姐告訴他，她要去一個不影響別人，不會給別人帶來麻煩的地方。說著把千玨留下的信交給了周克。周克接過信，急不可耐地打開看了起來。

周哥：你好！

請原諒我仍然這樣稱呼你，因為我覺得我再找不到別的更合適的稱呼了。

我一直對你說我是福建人，實際上不是，我是台灣高雄人。我沒有父母，在我三歲時，我的父母在一次車禍中不幸遇難。我有一個哥哥和一個奶奶。我從小是奶奶帶大的。奶奶信佛，所以我從小也信佛。也許是佛的指引，使我觀看了大陸佛樂團在台灣的那場演出。你不知道，當我第一次看見你在臺上演奏時，我的心裏有多麼激動！尤其是在高雄孤兒院的那場巧遇，當我揀起你的那串佛珠，看見它與我自己的那串佛珠那麼相似時，當我把佛珠遞還給你，你我四目相對時，我的心，我的整個魂魄，就一下子被你吸引住了。我說不清那是一種什麼感覺，有生以來，我從來沒有經歷過那種感覺。冥冥中，我似乎一直在追尋一個人，在那一刻，我覺得自己找到了。

後來大陸佛樂團走了，你也走了。我以為這件事情就這樣結束了，我想忘掉這件事情，也想忘掉你。但是我發現我做不到。我看見那串佛珠就會想起你。我覺得我好像欠了你什麼，你也好像欠了我。魂牽夢繞，我終於忍不住，於是千里迢迢，追尋到大陸來了。

沒想到大海撈針，我終於從人海裏找到你了！當那天在廣濟寺見到你時，我心裏真的是感謝天，感謝地，感謝佛祖，也感謝你！後來，在送童童去醫院那天，當你抱起童童，對我說那句幫幫忙時，我就感到，我們的心是相通的！同時我也感到，我再也不能離開你了！

但是我知道，我最終還是要離開你的。我一直沒告訴你，我患的是白血病。而且對化療有排斥反應。就是說，除了骨髓移植外，基本上無藥可治。可是骨髓移植的適型機率太低了，低到幾萬甚至幾十萬分之一。我到哪裡去找那個與我適配的人兒呢？大陸醫院的中西藥療法，給了我一線生機，但是我能感到，我離開你的那一天正在一步步臨近。如果到了最後那天，我希望你能來到我的身邊，我請求你把你那串佛珠和我的放在一起。在天國，我願意讓它們陪著我。

我知道，你是有家室的男人。你愛你的家人，愛你的妻子和女兒。我有幸認識了你的女兒，你的女兒和絃是個多麼可愛的女孩呀！我現在還欠著她幾本動漫書沒還她呢！我雖然沒有見過你的妻子，但是我相信她一定是天下最美麗最善良的女人，也是天下最幸福的女人。如果因為我的出現，無意中給她造成了誤解或者傷害，那我請求你轉達我對她的歉意。如果因為我，對你的家庭造成影響，那我請你原諒，也請求你的妻子和女兒原諒。

還有一件事我一直鬧不明白，在台灣我認識你時，你是個出家的僧人，但是到了大陸，你怎麼又還俗了呢？是我記錯啦？還是你有一個出家的弟弟？如果真的是你有一個當和尚的弟弟，真的是我認錯人，把你當成了你那個當和尚的弟弟，那就真成了笑話了——不過那又有什麼關係呢？重要的是我認識了你！

周哥，周哥，你是一個多麼好的男人啊！你有著一顆金子般善良的心。你不用找我了。也不要再打電話了。我把手機關了，因為我再也用不著它了。你給了我最幸福的日子。想起你陪著我的這些日子。想起你帶給我的歡樂。我心裏充滿了對你的感激之情和愛意。我不敢奢求你說聲愛我，你只要在心裏對我說聲喜歡我，我就滿足了。

喜歡你，並終生感激你的台灣女孩孟千玨

周克看完信，淚如雨下。他給童童交代了一聲，離開孤兒院，馬上去找千玨。

5

周克搭車，先來到千玨原來住的小平房。

小平房已經換了住戶。也是個年輕姑娘。周克向她打聽原來住這裏的那個女孩哪裡去了？年輕姑娘說我哪裡知道？你去問房東吧。他找到房東，房東是個中年女人，中年女人上下打量著周克，問：你是她什麼人？你找她什麼事？周克說我是她親哥，找她回家！中年女人這才說：她去了哪裡我不知道，這是房客自己的事，我們一般不問。周克氣得差點沒罵她一聲混蛋。心想既然妳不知道，還盤根問底的問那些廢話幹什麼！於是離開小平房，又急急忙忙往千玨原來看病的那家中醫院趕。

但是緊趕慢趕，到那裏時，醫院已經下班了。

周克找到住院部，讓人家查一下有沒有一個叫孟千玨的病人，住幾號病房？住院部的一個護士查了一下，說沒有。周克想起給千玨看病的那個老太太好像姓夢，便問夢大夫在不在？護士說現在都下班啦，你要找夢大夫只好等明天了。周克說：「妳能不能告訴我夢大夫家的電話？或者她家住在哪裡？我有急事找她。」護士上下看看周克，大概覺得他不像是壞人，便把夢大夫的住址告訴他了。

好在夢大夫就住在醫院後邊的宿舍區。周克在院裏的小攤上買了一大把香蕉，提著找到了夢大夫家。

夢大夫一家正在吃飯。一聽周克是病人親屬，馬上離開飯桌，很客氣地把周克讓到客廳。

周克說：「夢大夫，不好意思，打攪您了。」

夢大夫記性挺好，似乎認出了周克，說：「你是上次找過我的那個病人家屬吧？你好像是姓周？」

周克說：「對對，夢大夫，您記性可真好。」

「還是問你那個患白血病的妹妹的事情吧？你那個妹妹是叫孟千玨吧？」

「對，是叫孟千玨。」

夢大夫說：「那你還真的來巧啦！你要不來，我還正想設法找你呢！孟千玨一週前來過一次，我給她做過檢查。情況不是太好。她現在不能停藥，尤其不能受外界大的刺激。否則，病情會急遽惡化，隨時都可能有生命危險……」

6

周克已經記不清自己是怎麼從夢大夫家走出來的了。他像受到雷擊一般，腦子和周身全都痲木了。他想不明白千玨究竟是受了什麼刺激，為什麼會突然離開？為什麼要在信裏說那些訣別的話？他又趕回孤兒院，問童童千玨走的時候還說什麼沒有？童童說沒有再說什麼。他讓童童好好想一想。童童忽然想起什麼，告訴他說：

「姐姐離開那天，另外一個姐姐找她談了會話。姐姐回來後就不說話了，一直哭，一直在給你寫信……」

一道閃電！周克馬上意識到那個找千玨談話的女孩一定是思靜！

周克立即給思靜打電話，但是思靜那邊拒接；周克按重撥鍵再打，思靜那邊還是拒接；周克再打。這回賈思靜那邊接了。賈思靜在電話裏說：

「你這個人怎麼回事？我不認識你，你一遍遍打我手機幹什麼？再這樣我告你騷擾罪！」

周克氣得恨不得從電話裏伸出手去，給小姨子一嘴巴！他惡狠狠地說：

「思靜，妳給我聽著！妳說的那個女孩是個白血病患者！妳聽明白沒有？白血病！」

思靜那邊愣了一下，說：「那跟我有什麼關係？」

周克說：「妳給她胡說了什麼？她失蹤了！現在必須趕快找到她。我剛從醫院來，醫生說她現在隨時有生命危險！」

賈思靜聞言大吃一驚，人命關天！她意識到自己這回闖大禍了，但嘴上還說：「你怎麼不早說呀？」

周克氣得差點沒伸手再給她一嘴巴，說：「妳讓我說了嗎？妳摟著機關槍突突突一陣猛掃，我給妳打得一身窟窿，哪裡有機會說呀？」

賈思靜說：「那看來是我錯啦！姐夫你現在在哪裡？我馬上趕過去。」

周克就告訴她在西郊民佑孤兒院。

賈思靜拔腳出門，伸手攔了輛出租車，掏出一張百元大鈔，往司機面前一摔說：

「西郊民佑孤兒院。快，抄近道！」

第十六章

賈思靜到了孤兒院，一見到周克就說：「姐夫，究竟是怎麼回事呀？本來我以為是你在做壞事我在做好事。現在怎麼反過來了？成了你在做好事我在做壞事了？」

周克說：「快別一口一個姐夫地叫了，我當不起！」

童童聽出了思靜的聲音，小聲對周克說：「就是她。就是她把千玨姐姐氣走的。」

賈思靜趕緊對童童說：「哎喲小兄弟，你可別把我當壞人呀！我怎麼把你的姐姐氣走的，保證怎麼給你找回來還不行嗎？」

周克說：「行啦行啦，別再唱高調了。妳到底給千玨說什麼了？」

思靜說：「哎呀姐夫，我承認我錯了還不行嗎？還非得一宗一項地交代犯罪事實啊？反正當時話說得夠難聽的。」

周克就沒辦法了——當姐夫的還能把小姨子怎麼樣啊？只好說：「妳說妳幹的這叫什麼事！」本來想把千玨那封信給思靜看看，想想又覺得不妥，便沒讓她看。只是把事情簡單給思靜說了說。

思靜一聽叫了起來，說：「哎呀！那我這次這錯可就犯大了！姐夫你說吧，要打要罰都隨你！」

周克說：「這會兒打妳罰妳有什麼用？關鍵是得趕緊找到千玨。」

賈思靜說：「人自然得找，而且肯定能找到。不過我看你還是先跟我姐把事情說清楚。要不然你後方還亂著呢，又大張旗鼓地找那個女孩，我姐還不知會怎麼想呢？」

周克說：「妳姐怎麼想？妳姐怎麼想還不都是妳點的炮！行啦，不過妳說的這話也有道理。妳姐現在還在家裏吧？」

思靜說：「在。那咱們趕緊回家吧。」

2

周克思靜到了家裏，賈思甯不在。

賈思靜一進門，就變被動為主動，嚷嚷著喊：「爸媽，我把我姐夫給你們領回來啦！我姐和姐夫的事是我姐誤會啦——沒我什麼事。」說完就七七八八，把事情簡單給爸媽講了講。講完就想往她的小屋跑。

鄭雅愛攔住她說：「妳先別跑！什麼叫沒妳什麼事？當初事情還不都是妳挑起來的？妳說世上哪有妳這樣當小姨子的，一不調查，二不研究，端起屎盆子就往姐夫頭上扣！」

思靜就笑，耍賴說：「當初我挑什麼啦？當初我什麼也沒說呀？我一直都說我姐夫是楷模姐夫，怎麼可能挑他們的事，怎麼會往他頭上扣屎盆子呢！」

賈鶴鳴也笑，說：「行啦行啦，只要誤會消除了就好。」

周克光笑，不說話。

思靜問：「我姐呢？」

鄭雅愛說：「妳姐回那邊家裏拿東西去啦。她們不是又要去廣西參加比賽嗎？」說完又問，「你們還沒吃飯吧？我這就給你們做。這幾天讓思靜攪得，連做飯的心思都沒有了！」

賈思靜說：「嗨，我和我姐夫這會哪裡有心思吃飯呀？趕緊走。」兩個人就又下樓出門，搭了輛車往家裏趕。周克讓賈思靜別去了，賈思靜說解鈴還需繫鈴人，我不去你一個人哪裡說得清楚。

周克家裏，賈思甯正在收拾要帶的東西。

幾天不在家裏，周克也沒心思收拾，家裏已經亂得不成樣子了。賈思甯就有些傷心。心裏罵周克：「好嘛，看樣子還真是外邊有了什麼女孩，連這個家都不準備要了！」女兒和絃說媽媽，妳還真的不回來啦？她賭氣說不回來啦！妳和妳爸兩個人過吧。和絃說媽媽妳別這樣啊。我爸基本上還算個好男人，偶爾犯次錯誤，妳也得給他個改正的機會吧？賈思甯說妳懂什麼？還敢站在妳爸的立場上替他說話！說著東西收拾好了，臨走時告訴和絃：

「不准告訴妳爸我回來過！也不准告訴他我出差去了！就說我失蹤啦，看他著急不著急！」

周克和小姨子趕回家裏時，賈思甯已經走了二十分鐘了。

周克問女兒：「妳媽呢？」

和絃說：「我媽讓我告訴你，她失蹤啦！」說完鬼笑。

賈思靜說：「死丫頭，妳還有心思開玩笑。快告訴小姨，妳媽走多長時間啦？」

和絃說：「我媽走了二十分鐘啦。」

周克苦笑了一下，說：「那算了吧，可能追不上了。」

賈思靜說：「你還沒追怎麼能知道追不上？趕快走，說不定她遇上堵車，正在前邊等咱們呢。」

和絃說：「怎麼啦？老爸與老媽和好啦？」說完也要一塊去追。於是三個人出門，搭了輛車又往西客站趕。

路上堵車。等他們趕到西客站，買了三張站臺票氣喘吁吁地跑到月臺上時，開往廣西的那趟列車剛剛出站。他們連賈思甯那節車廂的車窗都沒看到，只看見列車正在拐彎的一個尾巴。

賈思靜一邊喘氣，一邊說：「哎呀我的媽呀，累死我啦。姐夫，陪著你折騰了一下午，人家肚子還空著呢！你總不能讓我餓著肚子回家吧？」

周克說：「餓妳活該！還不都是妳惹下的事？不餓妳餓誰？」

和紘馬上幸災樂禍地問：「怎麼啦？我小姨又惹什麼事啦？」

周克說：「妳問妳小姨。讓她給妳說。」

賈思靜說：「噯，事情還沒處理完呢，怎麼你們父女倆，又合起夥來欺負我啦？」

周克說：「跑了半天，我肚子也餓了。走吧，咱們找個地方吃點吧。」

3

三個人在路旁找了家拉麵館，要了三碗拉麵和兩樣小菜。周克思靜要的是大碗，給和紘要了個小碗。

三個人一邊吃麵，一邊商量找千玨的事。

賈思靜說：「我姐這頭，等她回來我負責解釋吧。現在關鍵是怎麼找千玨。我在公安局有個朋友。萬一不行。我給他招呼一聲，讓他們給想想辦法。」

周克想起千玨來自台灣的事，說：「別。公安部門一出面，動靜就鬧大了。千玨又不是被壞人拐跑了，她是有意要躲咱們。讓公安出面反而不好。」

和絃問：「你們說的千玨是哪個千玨呀？是不是我那個漫友孟千玨呀？」

周克這才想起女兒認識千玨的事，忙說：「對對，就是到咱們家來過的那個女孩。」

和絃說：「鬧了半天，我小姨說的老爸喜歡的那個女孩就是她呀？——唉，不對呀，那次千玨姐姐來家裏時，老爸你不是說你不認識她嗎？」

周克說：「那會兒老爸哪裡敢說認識她呀？就這緊著說不認識呢，妳小姨還挑了這麼檔子事。」

和絃說：「她怎麼啦？她幹嘛要躲起來呢？」

賈思靜就一二三四，把事情簡單說了說。和絃一聽也急了，說：

「那咱們還在這兒浪費時間幹嘛，趕緊回家呀！」

周克思靜都沒聽明白，問：「回家幹什麼？」

和絃說：「你們怎麼這麼笨啊？回家我上網，給我那些漫友網友發貼子呀！讓他們幫忙一塊找，不比你們兩個人跑來跑去強多啦！」

周克、思靜如夢方醒，賈思靜說：「我怎麼就忘了這個辦法呢？還是和絃聰明！」

周克說：「行！和絃，以後每月的上網費老爸不限制妳啦！咱們改包月的。妳想上多長時間都行！」

三個人又風風火火趕回家裏。和絃打開電腦上了網。周克和賈思靜一邊一個站在旁邊，看著和絃劈哩啪啦一連往網路上發了好幾個貼子。發完後和絃說：

「沒問題。明天，最遲後天，就會收到回饋資訊。可惜沒有千玨姐姐的照片，要是有照片，一塊發上去就更有把握了。」

4

第三天下午，果真收到一個網友回的貼子，說他在五臺山看見過一個女孩，身高口音，都很像和絃貼子上說的孟千玨。周克看了後又打電話把思靜叫過來。三個人對著那條消息分析了一下，覺得很有可能是千玨。周克說了三條理由：第一，身高和口音像。尤其是那位熱心網友說的，聽女孩說話是閩南口音，這一點很重要。第二，千玨信佛，五臺山是佛教聖地。她說過她要去一個不影響別人、不給別人帶來麻煩的地方，那就很可能選擇去那裏。第三，目前只有這一條回饋資訊。確切不確切都應該去找找看看，總比在北京坐等要強。

當晚，周克就上了去五臺山的火車。

賈思靜本來要一塊去，周克沒同意。她便與和紘一塊去車站送周克。因為走得急，沒買到臥鋪，周克是坐硬座走的。臨分手時，賈思靜說：「記著姐夫，別關手機。以便隨時聯繫。」

周克倒是沒關手機，可是後來思靜打了幾次，服務小姐總是說：對不起，你所呼叫的用戶不在服務區。

5

廣西南寧。

賈思甯領著她的學生剛參加完比賽。她們獲得了一項金獎，兩項銅獎，應該說成績不錯。這天下午，賈思甯回到賓館房間後，給家裏撥了個電話。

電話是和紘接的。賈思甯先問了問別的事情，最後問和紘：

「妳爸這陣在家裏嗎？」

和紘說：「我爸去五臺山啦。」

「什麼？妳爸又抽什麼風？他跑五臺山幹什麼去啦？」

和紘說：「老媽，妳和我小姨這回可把我爸冤枉慘啦！妳知道我小姨那天說的那個我爸喜歡的女孩是誰嗎？是我的一個漫友！叫孟千玨，還到咱們家來過呢！我爸喜歡她不是因為別的原因，是因為她的病，白血病。我爸和我小姨現在正到處找她呢，因為她失蹤了……」賈思甯越聽越糊塗了，鬧了半天，那個女孩還是和紘的朋友！和紘的朋友那才多大？而且居然還到家裏來過？喜歡她是因為她有病？有病就能成為喜歡的理由？白血病？有什麼病也不能成為喜歡的藉口和理由呀？怎麼忽然又失蹤啦？怎麼思靜又幫著他到處找她？這都是哪兒跟哪兒呀？

她那邊越聽越糊塗，和紘這邊還以為她全都說清楚了，講完後，還特地問了媽媽一句：「老媽，這下妳該全明白了吧？這下妳就不生氣了吧？」

賈思甯說：「行啦，老媽明白啦！妳晚上把門鎖好。別人誰叫門也別開。」

和紘說：「我小姨每天晚上過來陪我，她可能一會兒就來。要不她一會來了，我讓她給妳打電話？」

但是賈思甯已經等不及了，她掛斷和紘的電話後，馬上給那邊家裏撥了個電話。

電話是鄭雅愛接的。

「媽，到底是怎麼回事呀？」賈思甯上來就問。

「什麼怎麼回事呀？你們比賽結束啦？」

「結束啦。媽，我是問，那女孩到底是怎麼回事？和紘剛才在電話裏說了半天，我越聽越糊塗。思靜呢，叫她給我說！」

鄭雅愛就笑，說：「思靜過妳們那邊去啦。這幾天晚上她得去陪和絃。和絃給妳說了吧，他爸去五臺山啦。還能去幹什麼？讓妳氣得當和尚去啦唄！叫我說，不是誤會，是妳叫福燒的！聽風就是雨，妳都不想想，周克是那種人嗎？行啦，回來再細說吧。」

賈思靜這邊電話還沒掛斷呢，手機響了，是思靜從那邊家裏打的。賈思甯趕緊掛斷這邊電話，對思靜說：「我的手機快沒電了，妳掛斷吧，我給妳打過去。」

「姐，妳們比賽結束啦？」賈思甯重新打通後，思靜問她。

「結束啦。妳這陣死哪裡去啦？怎麼今天才想起給我打電話？」

「不是怕影響妳比賽嗎？怎麼，那女孩的事，剛才和絃已經給妳報告了吧？」

「報告是報告啦，但是把我聽得雲裏霧裏，心裏更擔心了。和絃說那女孩還去過家裏？這還得了！怎麼又說是誤會？又說是冤枉了妳姐夫？還說那女孩是白血病，說妳姐夫喜歡她是因為她有病？到底怎麼回事？妳說！」

賈思靜就笑，說：「和絃說得一點沒錯。就像妳過生日那天，我敲我姐夫那一悶棍時一樣，事情掐頭去尾這樣一說，可不是叫人越聽心裏越起疑。這件事從頭到尾說下來，能寫一部長篇小說。妳還是等妳回來，讓我姐夫給妳從頭至尾款款道來吧！你們的事情我是再也不管啦。本來我是想做好事，維護妳的權益呢，沒想到反而幫了倒忙，說出來都能讓人笑掉大牙！」

賈思甯說：「這死思靜，妳是成心氣我，成心讓我著急是不是？」

賈思靜說：「我現在哪兒還敢氣妳呀？回頭我姐夫給妳把事情一解釋，你們恐怕就更要彼此愛得要死要活。我現在氣了妳，我姐夫還能饒我呀？行啦，反正一句話：這件事情不僅沒有損害我姐夫的形象，反倒更加證明我姐夫是個好丈夫，是個好姐夫。姐，我這樣說，妳該放心了吧？」

賈思甯放下電話後，又打周克的手機。但是服務小姐說：對不起，你所撥打的用戶不在服務區。賈思甯就把電話掛了。一個人在賓館的房間裏呆呆地坐著。一個女孩跑進來，說：老師，妳在想什麼呀？是不是想家，想妳愛人啦？

賈思甯說：去！不許跟老師開這種玩笑！

6

五臺山。

周克爬高上低，出這個寺廟，進那個寺廟，逢人便問，逢人便打聽。還像街頭發小廣告那樣，不斷地給一些他認為可能幫忙的人發一份「尋人啟事」。這份「尋人啟事」是臨走前和紘幫他列印的。一共印了兩百多份。上邊有千玨的身高相貌等特徵。周克身上背了個挎包，挎包裏就裝著這些「尋人啟事」。

五臺山是佛教聖地，現在也成了旅遊勝地。什麼地方一成了旅遊勝地，就會人滿為患。要在這些人流中找一個女孩子，談何容易！

這天傍晚，遊人大部分走散後，在一個寺廟裏，周克忽然看見一個女孩的背影十分像千玨！但他看見時，那個女孩已經走到寺廟門口，周克剛來得及看了一眼，那女孩已經出了廟門。等他出了廟門一看，那女孩拐上了一條小道。

因為距離太遠，周克不敢冒然喊人家，只好快步跟了過去。

這條小道上沒什麼人。周克的腳步一快，那女孩的腳步也加快了，似乎感覺到有人在跟蹤她。從那女孩快步走路的姿勢判斷，周克感到更像千玨了。他想她可能發現他了，還想躲開他，甩掉他。於是進一步加快了步伐。

結果那女孩突然小步跑了起來。

「千玨！」周克喊了一聲，然後拔腿便追。

追出那條小道，拐過彎是條大路。大路上兩個年輕人說笑著迎面走來。那女孩這下不跑了，攔住那兩個年輕人說了幾句什麼。兩個年輕人便朝周克走過來。

周克這時已經快追到跟前了，女孩轉過身時，他已經認出女孩不是千玨，他搞錯了。但是他這時發現自己搞錯已經晚了。兩個年輕人堵住他，問：

「你想幹什麼？光天化日，佛祖腳下，你居然敢明目張膽地追人家姑娘，膽子也太大了吧？」

「對不起，我認錯人啦。對不起，對不起！」周克說著想走。

「認錯人啦？沒那麼簡單吧？認錯人你怎麼不去追大小夥子？怎麼就追人家姑娘？」兩個小夥子中的一個說。另外一個說：「別跟他廢話了，走走走，上派出所說去！」說著上來就要擰周克的胳膊。那女孩說算啦算啦，讓他走吧。小夥子說：「那不行！這樣的壞人不能放過！」

周克知道這下麻煩了，一邊笑著，一邊往外掏工作證。那個小夥子反應特別敏銳，以為他要掏刀子或者別的兇器，馬上抓住他那隻手，說：「你想幹什麼？老實點！」

周克只好老老實實把手放下來，說：「好好好，我不動啦，你從我兜裏掏吧。我有工作證。不是你們想像的壞人。」

那小夥子掏出周克的工作證看了看，還是不相信，說：「有工作證也不能說明你不是壞人。走，咱們還是到派出所說去。」周克想到派出所就更麻煩了。便把尋找千玨的事情大體講了講。那個女孩和兩個小夥子聽得半信半疑，說：「真的嗎？你是現編現說騙我們吧？」

周克忽然想起挎包裏的「尋人啟事」，忙掏出幾份給幾個人看。

這下兩個小夥子和那個女孩都相信了。準備擰他胳膊的小夥子說：「大哥，你看你這人真是，早說不就得啦！」另外一個說：「大哥，咱們算是不打不相識。沒說的，你把這尋人啟事多給我們幾份，我們幫你一塊找！」

那女孩說：「先生，這叫千玨的女孩是你什麼人呀？」

周克說：「是我一個妹妹。」

女孩說：「那行，我也幫你一塊找吧。」

兩個小夥子還要請周克一塊吃飯。周克說我來請吧。他這些天一直是獨來獨往，心裏也挺悶的。幾個人說著話，在路旁找了家小菜館。一塊熱熱鬧鬧吃了頓飯。最後還相互留了地址和電話號碼，成了朋友。

第十七章

1

郊區一家養老院裏，千玨正在給一個老太太洗臉，梳頭。

千玨那天離開以後，這些天一直就在這裏做義工。

這家養老院是地方政府辦的，條件應該算中等偏上。一個不大的院子，三排平房。每間屋裏兩位老人。屋子裏沒有廁所，但有一台小彩電。院子裏種了不少花木，環境看上去挺不錯。有棋牌室，裏邊有麻將和撲克牌。平時老頭老太太們就在裏邊玩牌或者打麻將。

千玨照看的這位老太太姓王。王老太太今年已經八十九歲了。家裏有兒有女。養老院裏有不少老人是王老太太這種情況。千玨開始挺納悶的，心想家裏有兒有女的，幹嘛把老人送養老院呀？恐怕就只有一個解釋：兒女不孝。但是王老太太說：可不能那樣說。我那些兒女孫子還都是挺孝順的。我是自個願意到這裏來的。這裏吃喝有人照顧，相互又能說說話；不比孤單單一個人待在家裏強多了？王老太太還說：人家兒女都忙，都有他們的事，我不在跟前，既不給人家添亂，我也少生不少閒氣是不是？千玨就覺得這個老太太挺明白事理，也挺可愛的。所以就格外喜歡照顧她。反過來，王老太太自然也特別喜歡她。一口一個閨女叫著，覺得千玨比她的親女兒還要親了。

千玨給老太太洗完臉梳完頭，又打來盆溫水，給老太太把腳泡了泡。擦乾後，開始給老太太剪腳趾甲。

「閨女，我聽妳說話不像是本地人。妳老家是哪裡呀？」老太太看著千玨，摸著她的頭髮，問她。

「我老家挺遠的，在福建那邊。」

「福建，那是夠遠的。妳是來北京打工的吧？」

「嗯。我是來北京打工的。」

「可是我看妳這幾天天天都在這裏。別的那些志願者或者做義工的，都是趁星期六星期天來，妳天天在這裏，誰掙錢養活妳啊？」老太太忽然提出一個問題。

千玨一笑，說：「奶奶，妳觀察問題還挺細緻的。沒關係，我在這裏侍候妳一段時間，然後再出去掙錢養活自己呀。」

老太太也笑了。但是停了一會，老太太又問：「閨女，前幾天我看見妳喝中藥，是身子哪裡不舒服呀？中藥是慢性子，該喝的藥可得堅持喝。」

千玨愣了一下，這才想起帶來的中藥喝完了，她已經兩三天沒喝藥了。便決定下午抽空去醫院複查一次，順便買點藥。

2

賈思甯從廣西回來了。帶著她那幫趾高氣揚的舞蹈隊員，正在下火車。

她先下，站在車廂門口接女孩的行李。她不停地提醒女孩們小心點。但還是有一個叫張燕的女孩拖著箱子下車時，沒小心把腳歪了。張燕哎喲叫了一聲，單腿蹦了兩下，那隻腳不能著地了。

賈思甯讓她坐在箱子上，扒下張燕的鞋襪一看：壞了，整個腳脖子已經腫了，可能是脫臼了。

「王莉，妳帶著大家出站。我送張燕去醫院。」

王莉是班長，說：「老師，妳走吧，我送她去醫院。」

賈思甯說：「別爭啦！」說完一彎腰，在幾個女孩的扶幫下，背起張燕朝站外走。

到了計程車站，幾個人扶著把張燕弄到車裏。王莉又問賈思甯：「老師，妳一個人行嗎？要不再給妳留個人吧？」

賈思甯說：「不用。我一個人行。看這天恐怕要下雨。妳們趕緊走吧，家裏都急著等妳們回去呢。」說完上車，又對王莉她們交代了一句：「晚上八點前，每個人都必須給我打個電話。」然後扭頭對司機說：「去醫院。」

司機看了張燕一眼，說：「是腳歪了吧？我知道一個中醫院的骨科老大夫，治脫臼特別神，上手捏著腳脖子，嗨一聲，就完事啦！離這兒也不遠。」

賈思甯看了司機一眼，說：「那就去那裏吧。」

3

千玨出了地鐵站，正急著往這家中醫院趕。她趕到醫院門口的時候，賈思甯乘的那輛計程車正好到了。賈思甯半拖半抱，把張燕往外弄。看上去挺吃力的。司機想幫手，可能是覺得男女有別，又沒敢伸手。千玨見狀，快步上前，說了句我來幫妳，與賈思甯一塊，把張燕從車裏扶出來。賈思甯看了千玨一眼，很喜愛地說了句謝謝妳。張燕也說了聲謝謝。千玨說不用謝。隨後兩個人又一邊一個，攙著張燕到了急診室。賈思甯再次看了千玨一眼，說謝謝妳。千玨淺淺一笑，再次說不用謝。

隨後，賈思甯陪著張燕去照X光。確診沒有骨折後，那個老大夫才上手捏了捏張燕的腳脖子，果真像那個出租車司機說的那樣，老大夫捏著捏著，突然嗨了一聲，手上不知怎麼一使勁，脫臼的部位就合上了。合上後老大夫讓張燕站一站試試，張燕一站，果然不像剛才那麼疼了。老大夫又看了看張燕腳腕四周的淤血，開了幾味消腫的中藥，告訴賈思甯連服三天，就沒事了。

另外一間診室裏。孟大夫正在給千珏複診。

夢大夫說：「妳這孩子，這種病怎麼能三天打魚兩天曬網，想來看就來，不想來就不來了呢？——這次是妳那位哥哥讓妳來的吧？」

千珏愣了一下。夢大夫說：「怎麼，妳不知道嗎？前些天，妳那位哥哥還專門到家裏找過我呢！」

千珏就覺得心裏一熱，眼淚差點沒流出來，趕緊掩飾說：「知道，知道。」

夢大夫檢查完後，在原來的方子上又加了幾味中藥。叮囑千珏一定要按時服藥。另外特別要注意，不能感冒。千珏說了句謝謝，拿著藥方到取藥處取藥來了。

千珏到了取藥處，把方子遞進去後正在等著，賈思甯也來取藥，正好又遇上了。兩個人沒有說話，相互朝對方笑了一下。賈思甯正想對千珏說句什麼，取藥處的小窗口有人喊：「孟千珏，拿藥。」千珏就趕緊走過去拿藥。她過去拿藥時，小窗口裡的人又跟她說了幾句什麼，賈思甯沒有聽清。隨後孟千珏就走了。賈思甯看著她遠去的背影，心裏還說：「這女孩挺不錯的。名字也不錯，千珏？挺有特色的。」

天一直陰著，這會兒雨終於下起來了。先是掉點，接著就嘩嘩地下大了。

4

賈思甯把學生張燕送到家裏，交代了幾句注意事項，沒敢停，搭車趕回自己家。

她以為周克該回來了，進門前還有意識把臉拉了下來，做好了給他看臉色的準備。但是進門一看失望了，周克還沒有回來，就女兒和紘一個人在家。母女倆幾日不見，和紘上去擁抱了媽媽一下。還給媽媽倒了杯熱水。賈思甯的頭已經給雨淋濕了，喝了口水，就忙著進廁所洗澡去了。

她這邊澡還沒洗完，思靜來了。和紘去開門。思靜一進來，和紘便說：「我媽回來啦。」思靜說：「還沒問妳爸的事吧？」和紘說：「還沒顧上問，正在洗澡呢！」思靜就衝廁所嚷了一句：「姐，妳回來啦！」

賈思甯洗完澡出來，頭髮盤著，穿著浴衣，看上去一點也不像三十多歲的女人。賈思靜就討好姐姐說：「姐，怪不得我姐夫對妳忠心耿耿的，妳看妳這樣兒，怎麼能不讓他心疼呢！我要是個男人，包准也非愛上妳不可。」

賈思甯說：「妳別假門假勢的用好話哄我！妳先說，妳姐夫和那個女孩到底是怎麼回事？」

賈思靜說：「那件事和紘不是都在電話裏給妳說清楚了嗎？和紘，妳不是給妳媽說過了嗎？」

和紘說：「是啊老媽，我不是都給妳報告得一清二楚了嗎？」

賈思甯說：「一清二楚個屁！妳做妳的作業去，讓妳小姨說！」

賈思靜就知道賴不過去了，說：「姐，這件事要說怪誰只能怪妳——呸呸，只能怪我只能怪我。不過我也是好心……」接著就把事情的前前後後說了一遍。最後說到她去會千玨的事情時，賈思甯笑了，說：「真的呀？那妳這當妹妹的還真是不錯，有點為了姐姐兩肋插刀的意思。不過妳話也說得太狠了，人家畢竟是個女孩，又有病。妳姐夫關心關心人家也是應當的。」說完又問，「那女孩現在呢？找到了嗎？」

思靜說：「正滿世界找呢！這不，我姐夫跑到五臺山找去了。」

思甯說：「幹嘛跑五臺山去找？那女孩又沒準備削髮為尼。」

和絃說：「是我一個網友說的，好像在五臺山見到過千玨姐姐。這不，我們還列印了兩百份『尋人啟事』，四處散發著找呢！」和絃說著把一份尋人啟事遞給媽媽，讓她看。

賈思甯一邊看尋人啟事，一邊問和絃：「妳剛才說那女孩叫什麼？千玨？」

和絃說：「對啊，千玨，孟千玨。這不，尋人啟事上有。」

賈思甯一下叫了起來：「該著！該著這女孩和咱們家有緣！我剛才在醫院碰見她了！」

思靜和和絃吃驚地看著她。思靜說：「不可能吧？妳怎麼會碰著她？」

賈思甯就簡單地把剛才的情況說了說。然後說：「快快快，咱們馬上去醫院，說不定還能碰見她。就是碰不見，問問給她看病的醫生，也肯定能找到她。」

三個人冒雨趕到醫院，哪兒還能找見千玨的影子！問取藥處的司藥，司藥說不知道。他們只管按方抓藥，不管病人住什麼地方。問能不能告訴孟千玨的藥方是哪位大夫開的？司藥說醫院裏一二十個大夫，每個大夫每天開一二十張方子，他們哪能記住孟千玨是誰？哪能記住她的方子是哪個大夫開的？看她們挺失望的，一個年齡大點的司藥忽然想起什麼似的，說：「唉，我想起來了，差不多一個小時前，是有個叫孟千玨的女孩來取藥。她的藥裏缺一味生地，我告訴她從庫房取去了，回頭再給她補。也許她一會還要來。」

賈思甯說：「對對，就是她就是她。那我們等她！」

但是三個人一直等到醫院下班，孟千玨沒有來。

賈思靜留了自己的手機號給那個司藥，告訴他如果下次孟千玨再來取藥，請務必讓她給她來電話。

5

孟千玨沒回醫院，她在另外一家中藥店補買了幾克生地，直接回養老院去了。

了。

路上雨下得正大，她沒帶任何雨具。怕藥淋濕，她把藥揣在懷裏。到養老院時，身上已經濕透了。

她感冒了，當晚發起了高燒。

社區醫院的劉醫生，一直負責給養老院的老人們看病。他看了千玨的病之後，馬上要送她去醫院。但是千玨苦笑著搖了搖頭，說她不去醫院，去醫院也沒有用。她沒有直接告訴劉醫生她患的是白血病，她把自己在中醫院開的處方給劉醫生看了。劉醫生一看便明白了。王老太太和幾個老人守在千玨的床邊。千玨不想讓老人們為自己擔心。劉醫生明白了她的意思，告訴幾個老人千玨只是感冒了，靜養幾天便會好的。他給千玨開了幾樣藥，要她一定要堅持服藥。並此後每天都來給她複診一次。

但是千玨一病不起。她本來就十分微弱的抵抗力，徹底被這次感冒摧毀了。王老太太守在她的床邊，一再勸她去住院。但是千玨總是掙扎著笑著，說自己沒事，過一陣就會好的。

這天是週六，附近一所中學的幾個中學生志願者到養老院打掃衛生。給房間擦玻璃的時候，一個女孩反覆看了千玨好幾次，總是想問她什麼又不好意思問。碰巧這時劉醫生來給千玨複診，看完病後那個女孩就在院子裏悄悄問劉醫生：「這個女孩是誰呀？她是不是叫孟千玨？」

劉醫生說：「妳怎麼知道？」

女孩說：「她患的是白血病，是不是？」

劉醫生看了女孩一眼，挺不高興地說：「妳問這個幹什麼？患者得的什麼病是患者的隱私，妳沒權利問，我也沒權利說。」

女孩知道劉醫生誤會了，便把幾個同學都叫過來，告訴劉醫生：「網路上正在找一個患白血病的女孩，叫孟千玨。」劉醫生一下子明白了，他想肯定是患者的親人在找她。便證實了女孩的話。告訴幾個孩子她是叫孟千玨，患的是白血病。

幾個孩子一商量，決定立即行動，通知孟千玨的親人。

但是養老院沒法上網，女孩又沒有記住周克家的電話。只好說趕緊去我家吧，我查到號碼馬上給她們家打。另外一個男孩說：「到妳家得耽誤多長時間啊？走，我知道一個網吧，離這兒不遠，咱們到那裏上網一查不就齊了！」

6

幾個孩子出了養老院，跑著趕到那家網吧。沒想到這家網吧的生意特別好，加上又是週六，所有的電腦前都有人佔了，旁邊還有不少孩子在排隊等候。那個男孩就找到網吧的經理，說能不能照顧一下，先讓他們查個東西。經理說那不行。我倒是想照顧你們，就怕先來的顧客有意見呀。女孩就把網路上尋找千玨的事情講了。經理一聽，說：「救人如救火，我馬上安排。要不你們到我辦公室來，在我那台電腦上查。」幾個人正說著，旁邊正在上網的一個男孩聽見了，說：「你們說的是尋找孟千玨那個貼子吧？我也見到過那個貼子。這樣，我馬上從遊戲裏退出來，咱們一塊查！」邊說著手指一陣猛敲，已經從遊戲退出來了，緊接著上網，很快查到了和紘發的那個貼子。這下網址電話全都有了。

幾個孩子分工。那個上網的男孩給和紘發緊急電郵；女孩用手機，撥通了周克家的電話。

第十八章

1

周克家的電話響了，賈思甯拿起聽筒。

「請問，是周和絃家嗎？」那個女孩問。

賈思甯以為是找和絃的電話，正要把電話遞給和絃，猛地停住了，她聽見那個女孩在電話裏繼續說道：「你們要找的那個叫孟千玨的女孩我們找到了，她現在在郊區一家養老院裏，病得很厲害……」

和絃正在上網，她忽然看見電腦螢幕上打出一句特別提示：你有一個緊急郵件！和絃打開郵件，看見這樣一行字：

你們要找的那位患白血病的女孩我們找到了，她在郊區一家養老院裏，現在病得很厲害。後邊是養老院的詳細地址。

和絃呆住了，眼淚嘩地湧了出來。她喊：「媽媽，千玨姐姐找到啦！」扭臉卻看見正在接電話的媽媽也呆在那裏，眼睛裏也滿是淚水。

「請問，你們是誰？」賈思甯流著淚問對方。

電話裏說：「我們和你們一樣，是一群關心他人的志願者。」

賈思甯和女兒一刻也沒有耽誤，馬上搭車趕到那家養老院。

和絃一看千玨躺在床上，喊了聲姐姐，便撲到千玨懷裏哭了起來。

賈思甯看幾天工夫，在醫院碰見的那個漂亮女孩便病成這個樣子。又想女孩患的是絕症，恐怕這一病就起不來了，心裏不由得一陣難過。接著又想到女孩在北京舉目無親，孤身一人，心裏就更難過了。一邊難過，一邊又想起這一陣為這事和周克鬧的矛盾，心裏又有幾分慚愧。幾種情感碰撞交織，眼淚不由得也出來了。她上前抓住千玨的手，叫了聲：「千玨……」便再說不下去了。千玨看見和絃，心想她一定是周克的愛人了，掙扎著想坐起來，說：「阿姨，對不起，我給你們家添麻煩了……」

賈思甯趕緊按住她，說：「好姑娘，快別說這些話。走，咱們不住這裏了，咱們去醫院。如果妳不想去醫院，那咱們回家。從今以後，咱們就是一家人了。和絃就是妳親妹妹，我就是妳的親嫂子。走，咱們現在就回家……」

正好這時候劉大夫來了。賈思甯又問了劉大夫一些情況。劉大夫說你們接回去也行。現在千玨的病，除了找到適配的骨髓，已經沒別的辦法了。在家裏照顧好一些，讓她在生命的最後時刻，能享受到人生的溫暖……

就這樣，當天賈思甯便把千玨接到家裏來了。

2

賈思甯剛參加完比賽回來，學校給了她一個禮拜假，她正好天天待在家裏侍候千玨。賈思甯把千玨安排在和紘的小屋裏，讓和紘與自己一塊睡。周克還沒有回來，她準備讓他回來後睡客廳的沙發。把千玨接到家裏後，賈思甯先幫著千玨洗了個澡，她一邊給千玨洗，一邊想，這麼美麗的一個女孩，還沒有來得及享受人生便要離開人世，禁不住眼淚又流下來了。倒是千玨沒怎麼難過，反倒勸她說自己能好。給千玨洗完澡，賈思甯又挑了一身自己的衣服給千玨換上。隨後便著手給千玨做吃的。她去農貿市場專門買了隻土雞和鮮蘑菇，用砂鍋燉了湯。又炒了幾樣綠色菜蔬。主食是泰國香米，是和紘自告奮勇用電飯煲燜的。吃飯的時候，她把沙發上的坐墊撤下來，放到餐桌的椅子上讓千玨坐。說這樣軟和一些坐上舒服。千玨雖然沒有什麼胃口，但還是掙扎著吃了一些，並喝了大半碗雞湯。

吃飯的時候，千玨吃幾口就停下來，好像有什麼話要問又不好張口。賈思甯問是不是菜有點鹹了？千玨趕緊說不鹹正合適。過了會賈思甯又問，是不是湯有些淡了？千玨又趕緊說不淡挺合適的。賈思甯問來問去都沒問到點上。倒是和紘突然說道：

「千玨姐姐，妳是在想我爸吧？妳是想問我爸怎麼不在家裏？是吧？」

千玨只好點了下頭，紅著臉承認了。

賈思甯這下恍然大悟，說：「嗨呀，我怎麼把這事給忘啦！周克到五臺山找妳去了。沒關係，他可能這一兩天就會回來。和紘，妳現在就給妳爸打個電話，告訴他千玨已經接到咱們家裏了，讓他趕緊回來！」

和紘答應著，馬上撥了電話，但是服務小姐還是說你所撥打的用戶不在服務區。

「怎麼老不在服務區？」賈思甯說。

和紘說：「沒關係，我給我爸發條簡訊。只要他一到服務區，馬上就會收到。」和紘說完，馬上用手機給爸爸發了條簡訊。

3

周克已經上了返回北京的火車。

列車開出沒多遠，手機響了。周克打開一看，是女兒發來的那條簡訊：

老爸趕緊回來千玨姐姐找到了我媽媽已經把她接到咱們家裏了。

周克看完簡訊欣喜若狂，馬上按回覆鍵想給女兒回條簡訊。剛按了幾個字母便罵了自己一句傻。然後調出家裏的電話號碼，打通了家裏的電話。

家裏電話響了，和紘接的電話。

「老爸，你終於到服務區了——收到我發給你的簡訊了嗎？」和紘一聽是爸爸的電話，馬上說。

周克說收到了。然後說：「妳媽媽呢？讓妳媽接電話！」

和紘就喊：「媽媽，爸爸電話！」

賈思甯馬上跑過來，接過話筒就說：「千玨找到啦！現在就在咱們家裏。你先跟她講話，講完我再給你說。」賈思甯說著，把電話分機遞給千玨。

千玨拿著電話，微微哆嗦著，剛聽周克說了一句：「千玨是妳嗎？」眼淚便嘩地湧了出來。哭著說：「是我。大嫂和和紘把我接到家裏來了。我想你，你趕緊回來吧。」

周克是第二天上午趕到家裏的。進屋看見千玨，多少天的思念擔心一齊湧上心頭，也不顧老婆女兒就在旁邊了，上前抓住千玨的手，緊著嗓子說道：

「千玨，千玨，妳這些天到哪裡去了啊？妳知道我心裏有多著急？妳知道我每向一個人打聽一句：請問，你看見過這個女孩嗎？我心裏就要難過一次緊張一次。妳知道我心裏有多害怕，害怕再也見不著妳了……」周克說著，流淚了。旁邊老婆女兒也一塊流淚。千玨也哭了。千玨哭著哭著，忽然忘情地伸出胳膊，一把樓住周克的脖子，泣不成聲地說：「周哥，我也害怕，害怕再見不著你了……」

4

也許是精神作用。千玨在周克家住了一週時間後，病情又有了好轉。這天，周克租了輛車，專門把夢大夫接到家裏，讓夢大夫給千玨做了次全面檢查。

夢大夫檢查後，當著千玨的面，說：「不錯，病情有好轉。」但周克送她回醫院的路上，夢大夫又對他說：「病人這種好轉往往是表面現象。所謂迴光返照就是這個意思。」

周克硬著心問：「請您告訴我，她還有多長時間？」

夢大夫說：「個把月吧。在這個月裏，如果能找到適配的骨髓，就還有救。否則，就很難說了。」

周克又問：「夢大夫，您所說的找到適配的骨髓，究竟是誰來找？怎麼找？像千玨這種情況，現在找還來得及嗎？」

夢大夫說：「噢，這個尋找和通常意義上說的尋找有些不同。實際上多數白血病患者在確診之後，都會向骨髓庫提出尋找適型骨髓的申請。這份申請上就有患者的骨髓配型。這些資料會存入骨髓庫的資訊中心，由資訊中心負責尋找適配的骨髓。我看過孟千玨的原始病歷，她好像是個台灣女孩。她的原始病歷裏有骨髓申請的副本。是遞交給台灣慈濟骨髓庫的。現在全世界的骨髓庫都實現了聯網，就是說，世界上任何一個骨髓庫如果發現了與她適配的骨髓，都會立即通知患者的。這些不是問題的關鍵，關鍵是現在自願捐獻骨髓的人太少了，全國白血病患者有四百萬人，每年新增加四萬多人。目前中華骨髓庫僅有18萬人份造血幹細胞血樣資料。人們在這件事情上有不少誤解和疑慮。本來骨髓配型的適配率就很低，捐獻的人又少，機率就更低了。」

周克心裏就有了個想法，他又問：「夢大夫，我想瞭解一下，怎麼捐獻骨髓？我只知道捐獻骨髓和捐血不是一回事，但具體不清楚。」

夢大夫看了他一眼，說：「捐獻骨髓與捐血有類似的地方，但又不完全一樣。捐獻骨髓的第一步，只是在志願者前臂靜脈中抽取5ml血液化驗白細胞抗原，將檢驗結果儲存於骨髓庫資料檢索中心，供患者查找；如果初步配型相同，才能考慮下一步……」

周克心裏那個想法就更強烈了。但是他仍在猶豫，沒有做出最後決定——這很容易理解：第一，雖然夢大夫說了那麼多，但周克心裏對捐獻骨髓到底是怎麼回事仍不很清楚，他像所有人一樣，不清楚捐獻骨髓是不是會對捐獻者自身造成傷害。簡單說吧，他心裏有些害怕。第二，賈思甯會不會同意？如果她不同意，怎麼辦？

5

當天晚上，周克徹夜未眠，一直在想這件事。他怕賈思甯發現他睡不著問他原因，便裝著睡著的樣子，一夜沒敢翻身。但賈思甯其實知道他沒睡著。但她沒有問他。

第二天賈思甯上班去了，和紘也去了學校。周克一個人守在千玨床邊，看著千玨走神。千玨給他說什麼，他嘴裏應付著，心裏卻一直在想捐獻骨髓的事。

考慮了一天一夜，他終於做出了決定。

這天晚上，周克把自己捐獻骨髓的想法告訴了老婆。

賈思甯半天不說話。

空氣像凍住了。停了很長時間，賈思甯說：「你昨天晚上一夜沒睡著，是不是在想這件事？」

「是。」

「今天又想了一整天？」

「是。」

「你什麼時候有了這個想法的？」

「昨天送夢大夫回去的路上。」

「你現在是在徵求我的意見，如果我不同意，你就會放棄這個想法，是不是？」

周克猶豫了一下，說：「是。如果妳不同意，我願意放棄。」

賈思甯斬釘截鐵地說：「那我現在就告訴你：我不同意！」賈思甯說完後，哭了。她鑽在周克的懷裏，輕輕地抽泣著。周克沒有說話，他撫著老婆的背，給她按摩著。就這樣，兩個人沉默了很長時間。

這一夜，兩個人都沒有睡著。

第二天天亮，周克準備起床時，賈思甯卻一把抱住他，淚流滿面地說道：

「你去吧，我同意。如果因為我的反對，失去了救一條人命的機會，那我想我這一輩子心裏就沒法安寧了。」

周克深情地吻了妻子一下。然後在賈思甯的陪伴下，去了人民醫院血液中心。抽血，化驗，檢驗結果很快出來了：他的骨髓與千玨不適配。

這件事他們一直瞞著千玨，因為他們知道，千玨剩下的日子，已經不多了。

6

這天，賈思甯把舞蹈班兩個女孩帶到家裏，給千玨表演了一場雙人舞《生命》。這個舞蹈是賈思甯編導的，曾獲全國大獎。

陽光下，一朵美麗的水仙含苞待放；女孩圍著她歡呼，雀躍；但是一時間風雨大作，雷電交加，水仙花搖搖欲折。女孩護著她，與風雨雷電做著搏鬥；最終，在重新出現的陽光下，水仙花怒放了……

千玨靠在客廳的沙發上，賈思甯和女兒一邊一個護著她。周克站在一邊。賈思靜也來了，站在周克的身旁。千玨含淚看著這場名為《生命》的舞蹈。演出結束後，那兩個舞蹈的女孩，一起上來吻了千玨。同時對她輕輕說道：

「我們愛你。」

千玨流淚了。說：「我也愛妳們。我想活下去，我愛生命……」

所有人聽著，都流淚了。周克走過去，輕輕抱住她，說：「千玨，妳會活下去的。妳還記得妳寫給我那封信嗎？妳在信裏說過，只要我對妳說聲喜歡妳，妳就滿足了。我現在要對妳說：我喜歡妳，愛妳，我們都喜歡妳，愛妳。有這麼多人愛妳，妳會活下去的。」

7

這天，童童跟著周克來到家裏，看千玨姐姐。

「千玨姐姐！」童童摸索著撲到千玨懷裏，姐弟倆抱頭痛哭。

童童帶來兩個大石榴。他把石榴掰開，很認真地一顆一顆，剝了滿滿兩大盤石榴籽，遞給千玨說：「姐姐妳吃吧。這兩個石榴是我跑很遠的地方，從一個寺廟裏求來的，妳吃了它，妳的病就會好了。」

千玨抓起幾粒石榴籽，吃了，說：「真甜！謝謝你童童。」說完後，對周克說：「請你把我那個包給我。」

周克把千玨隨身帶的小包遞給她。千玨打開包，從裏邊取出一張存單，交給周克說：「這上邊有四萬美元。我從台灣來的時候，哥哥一共給我準備了五萬美元。我花了一部分，還剩下四萬多。這筆錢原來是準備給我做骨髓移植用的。現在我用不著了，留給童童吧。我請你做童童的監護人，替他保管這筆錢。如果他的眼睛還有復明的可能，就給他做治療的費用。如果沒可能，就以他的名義捐獻給骨髓中心吧。」

童童哭著喊：「姐姐，姐姐，我不要妳的錢，我要妳活著！我要妳活著！」

千玨撫摸著童童的頭，繼續說：「我還有一個未了的心願，就是讓童童進殘疾人藝術團的事情。也不知道有沒有可能？你是不是打電話問問侯教授。」

周克說：「我馬上打電話。」

電話裏，周克向侯教授講了千玨和童童的事情。

侯教授接完電話，馬上趕到周克家裏來了。

侯教授是場面上人，禮數自然十分周到。他給千玨帶了一大捧鮮花，並說了很多安慰她的話。然後才對童童說：「你帶樂器了嗎？我聽一耳朵，看看你的基本功如何。」

童童就用二胡拉了一段《渴望》。

童童還沒拉完，侯教授就說行啦，基礎不錯。我和殘疾人藝術團那邊聯繫一下，約個時間，帶你去讓他們面試一下。現在我不能給你們打包票，但五六成把握我還有。

千玨、周克就說謝謝謝謝。童童一邊說謝謝，一邊還給侯教授鞠了一躬。

侯教授一笑，說：「謝什麼？我這人辦事有兩個原則：第一，名人明星找我辦事，一概不辦；第二，民間藝人或者殘疾藝人找我辦事，能辦的辦，不能辦的想辦法辦。這不是自吹自擂，老周知道，我就這麼個毛病，就這麼個人！」說得幾個人全都笑了。

侯教授走後，千玨感慨地說：「看樣子真是物以類聚，人以群分。連你結交的朋友，全都是好人！」

第十九章

1

台灣高雄。

千玨的奶奶正在家裏的小佛堂禮佛。老太太顯得心神不寧。好像預感到有什麼重大事情要發生。千玨從那天來過電話後，已經好一陣沒音訊了，奶奶心裏非常擔心。

千玨的哥哥孟千雄在他的旅行社處理業務，他正在接一個電話，忽然桌子上的另外一部電話響了。孟千雄用下巴夾住正在接的那個電話，說了聲「請稍等」，拿起那部電話喂了一聲。

「孟千雄先生嗎？你有一個叫孟千玨的妹妹，對嗎？」

「對。」

「你妹妹患有白血病，是嗎？」

「是，請問你是哪裡？」

「我是慈濟骨髓庫資訊中心，我們剛剛接到大陸中華骨髓庫的通知，告知他們找到一例與你妹妹完全配型的骨髓。現在我們需要瞭解一下患者的情況。同時需要徵求患者和親屬的意見，是否願意接受骨髓移植手術並承擔相應的費用……」

孟千雄驚呆了，自從妹妹患了白血病之後，他天天都在等這個電話，天天都在等這個消息。夾在下巴下的那部電話掉了，話筒裏傳來對方的叫喊聲。孟千雄一點反應都沒有。他握著手裏這部電話，嘴唇哆嗦著，不知該說什麼好。那邊打電話的人可能理解這種情況，停了一會，才問：「孟先生，你在聽嗎？」

孟千雄這才猛地驚醒過來，連忙說：「我在聽。謝謝你們，太謝謝你們了！」

對方又問：「你妹妹孟千玨現在哪個醫院？我們與原來她提出骨髓配型申請的那家醫院聯繫過，但說她已經不在那家醫院，是不是轉到別的醫院去了？」

孟千雄說：「她現在不在台灣。」

「不在台灣？那事情還有點麻煩了。按我們原來安排，必須先對患者近期病情做一次全面檢查，確認適合進行骨髓移植手術，在做好移植的前期準備工作後，再知會骨髓捐獻方醫院提取捐獻者的造血幹細胞，派專人，在二十四小時裏移植給患者……現在患者不在台灣，那還麻煩了。」

孟千雄說：「我馬上與我妹妹聯繫，讓她盡快趕回台灣。」

對方又問了一句：「她去哪裡啦？」

孟千雄說：「去大陸啦。」

對方一聽，叫了起來，說：「那就沒必要讓她回台灣啦！捐獻者是大陸的人，她現在又在大陸，那整個移植手術就可以在大陸同步進行。這樣比兩地進行更好，成功率更高。這樣吧孟先生，你馬上與你妹妹聯繫，我們這邊立即知會大陸骨髓庫，讓他們盡快聯繫那位骨髓捐獻者……」

孟千雄放下電話後，立即給千玨打電話。打手機打不通，服務小姐說對不起，你所撥打的用戶已經停機；打原來住的那間平房的電話。打通了，但接電話的不是千玨，是另外一個女孩。那個女孩說孟千玨已經搬走了。問搬哪裡去了？女孩說不知道。

孟千雄並沒有洩氣，他想只要找到了適配的骨髓，其他一切問題都好解決。妹妹一週前來過電話，說她仍在北京，而且一切都還好。只要她在大陸，在北京，那就不怕找不到！孟千雄立刻做出決定：去大陸，去北京，去北京找妹妹！在北京給妹妹進行骨髓移植手術！看樣子這一切都是緣分都是天意。要不然妹妹當初為什麼非要千里迢迢去大陸呢？他馬上打電話預訂了去香港的機票。因為兩岸尚未實現三通，去北京只能通過香港轉機。這事聽上去都讓人彆扭，也不知道當局是怎麼想的。

回到家裏，孟千雄進了小佛堂就朝奶奶喊：「奶奶，天大的喜事！找到與阿玨適配的骨髓啦！」

老太太一驚，雖然老太太弄不明白適配骨髓是怎麼回事，但她明白這就是說她的孫女有救了。老太太幾乎不敢相信這是真的，說：「是嗎千雄？就是說，阿玨有救啦？就是說，你可憐的妹妹能活下去了，不用奶奶再擔心會白髮人送黑髮人了？」說著就要暈倒。千雄趕緊上前扶住奶奶，眼睛裏閃著淚花子說：「是，奶奶。是慈濟會剛剛通知的。說大陸那邊，找到了一例與阿玨完全適配的骨髓。」

老太太一聽是大陸那邊找到的，心裏一震，說：「菩薩保佑，這都是緣分呀！」說著雙手合十做了個揖，然後伏地連著磕了三個響頭。

「那趕緊讓阿玨回來呀？要不然怎麼給她治病？」老太太說。

「不用。奶奶，我已經訂了去香港的機票。我到北京去找阿玨。就讓她在北京做移植手術。」

老太太忽然也下了決心，說：「奶奶也去！奶奶跟你一塊去！五十年啦，五十年沒回去過啦！奶奶想了五十年夢了五十年，一直想回去看看。這次就連這個心願一塊還了吧！」

老太太說著流淚了。孟千雄趕緊上前扶奶奶站起來。隨後又打電話補訂了一張機票。

但是成行那天，實際是三個人去的：台灣慈濟功德會專門派了周立安醫生隨行，並且以慈濟功德會的名義，知會了大陸骨髓庫和紅十字會。

3

中國紅十字會和中華骨髓庫出面，接待了孟千雄他們。去機場接他們的是位姓孟的年輕姑娘。非常開朗也很擅長交際。在機場出口處一接上他們，一邊與孟千雄握手，一邊就自我介紹道：「孟先生你好！我叫玉環，也姓孟。五百年前咱們是一家。一家人不說兩家話，你們在北京這段時間，有什麼事儘管找我，我會負責協調各方，努力解決。」隨後又上前拉著老太太的手，說：「奶奶，好多年沒回來過了吧？這次回來好好看看。不要擔心孫女的病，孫女的病有我們這些人，肯定能治好。您就安下心來四處走走看看。需要什麼您跟我說，我可能比您的孫女大不了兩歲，您就也把我當您的孫女好啦！」說得老太太心花怒放，剛下飛機時那種陌生感一下子去了一半。

孟玉環隨後又與周立安醫生握手，說歡迎歡迎。

到預訂的賓館住下後，孟玉環把孟千雄和周先生請到會客室，問了問他們的打算。

孟千雄說：「現在問題是我妹妹千玨還沒聯繫上。她離開了原來住的地方，手機也停機了。」

孟玉環問：「會不會離開北京？你們家在大陸還有別的親戚嗎？比方說山東老家那邊？」

「沒有。山東老家的親戚，就我奶奶知道，她不可能去那裏。一週前她來過電話，說她仍在北京。」

孟玉環說：「這是個問題。不過只要人在北京，肯定就能找到。必要的時候，我們可以請求政府相關部門出面協助尋找。我們這邊現在也遇到個問題：我們查了下資料，與孟千玨骨髓適配的志願者是個僧人，怎麼找到他也是個問題。」

「僧人？」孟千雄與周立安就都愣了一下。孟千雄問：「那他當初沒留地址或者電話嗎？」

孟玉環說：「留了電話。可能是他一個親戚或者朋友的。本來我們打算把你們安置下來，先對你妹妹的病情做全面檢查，再與他聯繫。現在看來這兩件事得同步進行了。沒關係，雖然有難度，但咱們兩岸齊心協力，沒有辦不了的事，沒有解決不了的問題！」

4

周克家裏，孟千玨病情急遽惡化，已經到了最後時刻。

孟千玨靠在床上，周克全家人守著她。賈思靜也趕來了。賈思靜埋怨周克，說：

「趕緊送醫院搶救啊！醫院總歸比家裏有辦法呀？」

千玨搖搖頭，苦笑著說：「謝謝妳，姐姐。醫院也只能治那些能治好的病。我這病，已經沒必要去醫院了。我願意就這樣離開，願意你們這樣守著我讓我走。」

賈思甯說：「好妹妹，別胡思亂想！妳能挺過去的！這種病就是這樣，一陣好一陣壞，挺過去這一會就沒事了。挺過去咱們再想辦法，一定有辦法，一定有辦法能把妳治好。」賈思甯說著說著，眼淚不由得流出來了。

和紘哭得一抽一抽的，抓著千玨的手說：「千玨姐姐，妳不能走，我不准妳走！我還有很多動漫書妳沒看呢！妳趕快好吧。妳好了我帶妳去看漫展……」

千玨替和紘擦著臉上的淚，說：「姐姐也捨不得走，姐姐也捨不得離開妳。姐姐也想讓妳帶著姐姐去看漫展。妳不知道，姐姐心裏多麼喜歡妳，多麼喜歡你們一家人，多麼捨不得離開你們呀！」千玨說著，眼淚嘩嘩地流了下來。

周克擦了擦眼睛，強忍著，說：「千玨，要不給家裏的奶奶和哥哥打個電話吧？他們一定都很想你。」

千玨搖搖頭，說：「不用了。我前一陣已經打過了。我不想讓他們為我難過。」千玨說著，從手腕上取下那串佛珠，拿在手裏撫摸著，看著，對周克說：

「這串佛珠是小時候奶奶給我的，是我的護身之物。原來我想在我去後，請你把它和你那串佛珠一塊放在我的身邊，讓它們在天國一塊陪著我。現在我不想那樣做了。我想把它給你留下來做個紀念，我不想讓你忘記我，也不想讓思甯嫂子和思靜姐姐、和紘妹妹忘記我……」千玨說著，聲音越來越弱，她咳嗽了一陣，接著說：「思甯嫂子，思靜姐姐，和紘妹妹，我恐怕就要去了。在我離去之前，你們能讓周哥再吻我一下嗎？周哥，你願意再吻我一下嗎？」

周克的眼淚奪眶而出。全家人這時哭成了一片。周克輕輕抱住千玨，在女孩的額角親了一下。

這時電話響了，賈思靜拿起話筒問也沒問，說：「家裏有事，過會再打！」然後把電話扣了。

但是鈴聲又響了起來。賈思靜再次拿起話筒，聽對方說了句：「我們找周克先生，有急事！」只好把電話遞給周克。

周克握著話筒聽著聽著，整個人就像慢慢被冰凍住似的，凝固在那兒了。

5

電話是孟玉環打來的。孟玉環在電話裏告訴周克，兩個月前，一位叫周凱的僧人曾到中華骨髓庫留存了一份骨髓血樣。現在，中華骨髓庫找到了一位與之完全適配的患者，是個台灣女孩。那位僧人當時留的是周克家的電話，他們希望他能幫助找到那位僧人，以便給這位台灣女孩進行骨髓移植。孟玉環最後問：

「周先生，請問一下，那位叫周凱的僧人是你什麼人？」

周克說：「是我弟弟。一母同胞的親弟弟。」

「你能幫我們盡快找到他嗎？」

「能。」

「太謝謝你啦！我代表中國紅十字會和中華骨髓庫謝謝你！也代表那位即將獲救的台灣女孩謝謝你！」

「你能告訴我，那位台灣女孩叫什麼嗎？」

「可以，她叫孟千玨。」

「孟子的孟；大千世界的千；王字旁玨——你能確認是這幾個字？不會搞錯？」

「是這幾個字。這怎麼會搞錯呢！不過，我們現在也正在找這個女孩。據說她現在在北京，但是在哪裡，我們還不知道。」

「你們不用找了，她現在就在這裏，就在我們家！」周克的聲音和表情裏沒有一絲激動，他像個低智慧的機械人似的，進行完上述對話。但他的臉上，已經被淚水糊滿了。

孟玉環在那邊卻激動得狂喊起來：「是嗎？周先生，請你再說一遍，孟千玨真的在你們家裏？」沒等周克重複，她又對著話筒說，「周先生，請你等一下。孟千玨的奶奶和哥哥已經從台灣到了北京，他們現在就在這裏。你等一下，我讓他們來接電話。」

孟玉環說著放下話筒，跑進旁邊一個房間，大聲喊：「找到啦！孟千玨找到啦！」一邊喊一邊拉著孟千雄，說，「快接電話！千玨現在在周先生家裏。」孟千雄拔腿就往那個房間跑，孟玉環扶著千玨奶奶，隨後也趕過來了。

周克家裏，淚流滿面的周克把話筒遞給千玨，說：「你哥哥的電話。你哥哥和你奶奶從台灣趕來了。」

千玨接過電話，聽到哥哥和奶奶的聲音，泣不成聲喊了句：「哥哥，奶奶……」

周克這時才好像被「解凍」了，對思甯、思靜和和紘她們說：「千玨有救了。骨髓庫找到一個與她完全適配的骨髓……」

她們幾個開始愣了一下，隨即喜極而泣地抱成了一團。

周克又說：「你們知道那位骨髓志願捐獻者是誰？」

幾個人又愣住了。還是和紘反應快，說：「該不會是我那位當和尚的叔叔吧？」

周克說：「怎麼不會？正是他！你說這世界有多大？又有多小？」

賈思靜說：「這不是世界多大多小的問題，這是緣，絕對是緣！」

千玨這時接完電話了，她忽然從床上坐起來，對思甯她們說：「我想洗個頭。我奶奶和哥哥一會要來……」看臉色聽聲音，已經像換了個人。

6

半小時後，孟玉環陪著孟千雄、老太太和周醫生，來到周克家裏。

孟千雄已經在電話裏聽妹妹說了周克一家的事情，一進周克家門，便給開門迎接他們的周克夫婦跪下了。老太太也要下跪。慌得周克夫婦趕緊扶起他們。賈思甯說快別這樣，都是一家人，這樣就見外了。千玨看見奶奶哥哥，自然免不了幾個人又哭了一場。連孟玉環也大受感動，跟著哭了一鼻子。一屋子人哭完泣完，賈思靜說：

「咱們這是幹嘛呀？千玨現在有救了，奶奶和哥哥又趕來了，算得上是海峽兩岸親人一場小小的團聚。咱們應該高興才對呀！」說完又對孟玉環說，「孟同志，今天妳就算是政府方面的代表啦，能不能花點公款，找個地方請大家吃一頓？」說完就笑。

孟玉環說：「可以啊，公款就不必花了，花我這個月工資差不多。」說完也笑。大家也跟著笑了。

周克說：「不用不用，到外邊花那冤枉錢幹什麼？我來做幾個菜。難得兩岸同胞相聚一塊，我正好藉機展示一下廚藝！千玨，先說妳，妳想吃什麼？」

千玨的精神已經明顯好轉，說：「鱔魚麵。」

周克又問老太太：「伯母，您呢？」

老太太說：「我隨我孫女吧，也是鱔魚麵。」

和絃跟著嚷嚷說她也要鱔魚麵。賈思甯就笑了，說：「全都跟著千玨要鱔魚麵，這下你倒省事了。不過那得多大一個鍋呀？」

一屋子人再次笑了起來。

笑完，孟玉環說：「周老師，你的手藝我下回再來欣賞吧！今天我就不在這裏蹭飯了。我得先回去安排一下。現在兩個難題就剩下一個：盡快找到你弟弟。我這邊通過政府這條線找；必要時，恐怕就得驚動國務院台辦出面協調了。你這邊走走民間這條線，兩力合一力，爭取早點給千玨手術。」

周克說：「行。我有個朋友與佛教協會挺熟的，我請他幫忙與佛教協會聯繫一下。」

周醫生一直沒說話，這會才說：「這樣吧，找人是一個方面。千玨這邊得馬上住院檢查並進行術前治療。手術的醫院已經確定了。從現在開始，我就是千玨的主治醫師。這頓鱔魚麵她可以在這裏吃，吃完飯，就得送她去醫院。這沒什麼可商量的。」

孟玉環說：「這得聽周醫生的。」

周克他們笑著答應了。

當晚，把千玨送到醫院後，周克給侯教授打了個電話。侯教授聽後在電話裏說：「這是件大好事啊！我馬上與佛教協會那邊聯繫。應該說問題不大。佛教協會雖然沒什麼現代化網路，但是佛法無邊，找個『本系統』的佛門弟子，恐怕不算什麼難題吧？」

第二十章

1

南方，重山迭翠。綠蔭掩映著一座小寺廟。寺廟後邊的山崗上，有一塊不大的平臺。平臺一面靠著陡削的山壁，一面臨著深谷。平臺旁長著棵千年古松，敬弘法師正盤腿打坐在古松下，用管子吹奏他自編的樂曲《雲濤》。時值清晨，旭日初升，晨霧遼繞，整個畫面宛若仙境。

一個小和尚從寺廟後門出來，拾級而上來到平臺，向敬弘法師施禮，輕聲說道：「師父，您該動身了。」

敬弘法師輕聲說：「知道了。」

小徒弟已經把行李準備好了，敬弘法師回到寺裏，拿起行李，與小徒弟道別後，走出寺廟，踏上了山間的小道。

西客站月臺上，周克全家、賈思靜、孟千雄、孟玉環，還有侯教授和中華骨髓庫的代表，在月臺上等著接敬弘法師。

列車終於進站了，周克他們緊張地注視著飛馳而過的列車。列車停穩了。他們趕到第九節硬臥車廂門口，等待著。

敬弘法師出現在車廂門口。周克他們上前迎接他。和絃把一束鮮花獻給敬弘法師。周克、孟千雄、孟玉環、侯教授和中華骨髓庫的代表，一一上前與敬弘法師握手。周克一一向弟弟介紹大家。賈思甯姐妹沒有上去握手，只是微笑著向他道了一句：「你好！」敬弘法師不好意思地向她們和眾人回著你好，興奮得滿面通紅。

市電視臺「百姓」節目的記者不知道從哪裡得到消息，扛著機器趕到月臺上採訪敬弘法師。「敬弘法師，我們是市電視臺『百姓』節目。我們從有關方面獲得資訊，你將為一位患白血病的台灣女孩捐獻骨髓，請你向廣大觀眾談談你的感想好嗎？」女記者問敬弘法師，隨後把麥克風伸向他。

敬弘法師說：「救人一命，勝造七級浮屠。出家人慈善為本。這是我們應該做的。」

女記者又問：「據說您是佛教界人士中，第一位向患者捐獻骨髓的，是這樣嗎？」

敬弘法師一笑，說：「萬事皆有個開頭。但這個第一我不敢當。佛門講普渡眾生，以濟世救人為宗旨。我只不過是萬千身體力行者中的一員罷了。」

女記者就笑了，說：「沒想到敬弘法師這麼謙虛，這麼會講話。我還有另外一個問題想問一下：據有關方面提供的資料，全國迄今為止，大約有一千五百多位患者在中華骨髓庫找到與之配型相合的捐獻者，但是只有一百五十五人把捐獻付諸實行。就是說，有不少人在最後一刻退縮了——

請原諒我的直接和不禮貌，我想問的問題是，敬弘法師，您會不會出現這種情況？」

敬弘法師說：「我想那些人可能有各種各樣的原因。但我不會。佛家講萬事隨緣。在幾十萬例中，能有一個患者的骨髓配型與我相配，那是她的緣分，也是我的緣分，而且是一輩子只有一回的緣分，我怎麼會輕易放棄呢？」

女記者被感動了，說：「太好了敬弘法師！謝謝您！謝謝您接受我們的採訪，也謝謝您的愛心和勇敢精神！我們祝這次移植成功，祝那位台灣女孩早日康復！」

周克他們一直在旁邊看著這場採訪。他們自然也被感動了。孟千雄嘴裏喃喃地重複著：「真是緣分，真是緣分！」賈思靜說：「緣分就是命啊！你說這事有多巧，要不是佛樂團去台灣演出，一個在海峽這邊，一個在海峽那邊，他們兩個人怎麼會撞上？怎麼會有這場救命的緣分呢？」和絃則說：「周凱叔叔真是太棒啦！他簡直就是個雷鋒和尚！」說得大家全都笑了。

2

手術前，千玨再三向醫生請求，要求見見為自己捐獻骨髓的那位救命恩人。但是醫生怕對她的情緒造成波動，嚴格拒絕了。敬弘法師也想見到她。同樣被醫生拒絕了。醫院確定為千玨做骨髓移植手術的是血液科一位老教授。老教授按照骨髓移植的相關步驟，在敬弘法師到來的第二天，再次在他的前臂中抽取了5ml靜脈血，對他做了HLA二類分型檢測，結果發現與千玨的HLA分型完全相同。隨後院方又安排對敬弘法師做了健康體檢。這一切工作完成之後，老教授把敬弘法師請到他的辦公室，單獨與他做了次談話。

「年輕人，」老教授沒叫他法師，也沒叫他的名字，老教授像通常稱呼年輕人那樣，親切地稱他為年輕人，「我從醫四十年，在我的眼裏，義務為患者捐捐血液，尤其是捐獻骨髓的人，是現今世界上最無私和最勇敢的人。現在人們對捐獻骨髓有很多疑慮。擔心會對捐獻者的身體造成損害。我可以負責地告訴你：這種擔心是沒必要的。現代醫學絕對不會以犧牲健康人的身體為代價，去挽救一個絕症患者。但是我同時必須告訴你，在整個捐獻過程中會有副作用。你會感到某種不適，其實生理上不會有很明顯的感覺，我說的不適主要是指心理上的。即使是天下最勇敢的小夥子，面對那些針頭和導流管，心裏也會害怕，也可能畏縮。如果在這種情況下臨陣退卻，那對已經做好移植手術準備的患者將是致命的！所以我現在必須鄭重地再次徵求你的意見——」老教授說到這兒，頓住了，異常嚴肅地看著敬弘法師，問道：

「年輕人，你願意捐獻自己的骨髓，來挽救一個患者的生命嗎？」

敬弘法師同樣嚴肅地回答說：「我願意。」

老教授又說：「你是目前幾十萬例骨髓配型中，唯一一個與她適配的捐獻者，就是說，你是唯一能挽救她生命的人。我再問你一遍，你願意捐獻自己的骨髓，來挽救她的生命嗎？」

「我願意。」敬弘法師再次說。

老教授眼睛濕了，他站起來，上前輕輕擁抱了一下這個年輕人，說：「謝謝你！我代表患者謝謝你，代表全體醫生護士謝謝你，也代表現代醫學謝謝你！」隨後，敬弘法師在一個相關文件上簽了字。接下來連續五天，醫生每日給他注射一次生長因數，促使他體裏造血幹細胞大量繁殖，使骨髓釋放出大量造血幹細胞進入血液循環中。與此同時，醫院也完成了千玨的術前檢查和準備。這兩個過程都是在無菌狀態下進行的。就是說與外界完全隔離。他們兩個人無法見面，周克、孟千雄等親人也不得探視。直到手術當天，醫院才允許他們在手術室外邊等待消息。

3

整個手術過程持續了三個半小時。

手術是上午九點開始的。在兩間相鄰的無菌病房裏，老教授與台灣來的周醫生一起，為千玨進行了骨髓移植手術。

敬弘法師靜靜地躺在一張雪白的病床上。一位年輕的護士，輕輕地把一個帶導流管的針頭插進他左臂的靜脈裏，導流管的另一端連著一台他叫不出名字的儀器，儀器將抽取出來的外周血中的造血幹細胞分離出來，然後通過另外一端的導流管把血液中的其他成分又輸回他的體裏。因為整個過程中無需對捐獻者實施痲醉，在一旁守護觀察的醫生不斷地問敬弘法師感覺如何？有沒有什麼不適的感覺？敬弘法師微笑著，說很好，沒什麼不舒服的感覺。醫生和護士微笑著看著他。

幾乎與此同時，在另外一間無菌病房裏，醫生將分離出來的造血幹細胞，輸入千珏的體裏。醫生也在問千珏感覺怎麼樣？有沒有不適的感覺？千珏眼角掛著淚，說：「我感覺到一個新的生命正在流入我的體裏，感覺我正在復活……」

手術室外邊的走廊上，周克他們正在等待。那是一場讓人揪心的等待。將近四個小時，周克全家，孟千雄和奶奶、侯教授、孟玉環和電視臺那位採訪過敬弘法師的女記者，全都在手術室外邊靜靜地等待著，就像在產房外邊等待一個即將降生的嬰兒。最後，當醫生打開手術室的門，宣布手術完全成功時，所有人都流著淚擁抱在一起……

4

經過幾天恢復，得知醫生允許自己見人後，千玨要見的第一個人自然是敬弘法師。她對護士說：「我要見他。要見我的救命恩人，要見給了我生命的那個人。」

當敬弘法師出現在千玨的病房裏時，千玨的第一反應是愣住了：她以為他是周克，心想他怎麼又變成和尚了？但是緊接著她便明白了：眼前這個人才是她在台灣邂逅的那個人，而這幾個月她窮追不捨，鬧了一連串故事和笑話的「周哥」，原來是代此人「受過」，是她張冠李戴，認錯人了。女孩臉紅了，她向他說了聲：「你好！」敬弘法師也對她說了句：「妳好！」她又對他說：「謝謝你救了我。」敬弘法師拿出那串佛珠，說：「一切皆隨緣，要謝就謝它吧。」

這時候，周克、賈思甯、賈思靜、和紘進來了。賈思甯顯然已經知道了事情的原委，取笑千玨說：「千玨，這下認清楚了吧？到底誰是妳的周哥，可別再搞錯了。」

賈思靜也湊熱鬧說：「千玨妹妹，妳說妳，看上去一個雪亮聰明的漂亮女孩，眼力勁怎麼這麼差呢？一個是僧人，一個是俗人，妳怎麼能認錯呢！」

千玨羞得無地自容。差點沒用被子把頭蒙上。和紘說：「上回叔叔第一次來我們家裏的時候，我寫了篇作文『一個當和尚的叔叔』，結果獨佔鰲頭，得了全班第一。這回我就更有的寫了。這回我要寫篇……寫篇什麼呢？千玨姐姐，妳給我起篇作文題目吧，求妳了！」

千玨說：「讓妳爸起。或者讓妳這位當和尚的叔叔起。他一定能給妳起個獲全校第一的作文題目。」

敬弘法師就笑了，說：「出家不問俗家事，妳自己的作文，還是妳自己起題目吧！」

幾個人正說著，千雄扶著奶奶進來了。千雄一見敬弘法師，又要下跪，被正好站在旁邊的思靜攔住了。千雄便向敬弘法師深鞠一躬，隨後拿出一張銀行存單，對敬弘法師說：「恩人，雖然說大恩不言謝，但我們全家人的這點心意，還是務必請恩人收下才行。」

奶奶也說一定要收下。奶奶上前拉著敬弘法師的手，老淚縱橫地說：「恩人，你救了我們家千玨，也救了我們全家。我禮了一輩子佛，今天算見到活菩薩了！」老太太說著雙手合十，連著向敬弘法師點了幾點，算是禮拜了。但是敬弘法師還是不收那張存單。思靜就在旁邊說：「這樣吧，千雄，我先替他收下。至於怎麼處理，或是捐希望工程，或是捐中華骨髓庫，聽憑他的安排。」這一陣，千雄的旅行社與思靜他們旅行社已經在業務上建立了聯營關係，兩個人之間你來我往打了不少交道。賈思甯看出點什麼了，在一旁悄悄揪了下妹妹的衣服，小聲說：「喲，已經到了直呼其名的程度了，進展神速啊！」

謝過敬弘法師，奶奶和千雄才到床邊看千玨。千玨喊了聲奶奶、哥哥便哭了。這一陣千玨在無菌室隔離，與哥哥奶奶一直沒見面。經歷了一番生離死別的祖孫兄妹，現在再次相逢，自然免不了又是熱淚漣漣。賈思甯賈思靜勸了一陣，醫生也進來干涉，一家人這才轉憂為喜。大家又說了些祝福高興的話，然後陸續離開千玨的病房。賈思甯有意讓其他人先走，把周克兄弟留在最後。說：「你們倆別急著走，千玨可能還有話要對你們說。」周克說：「你饒了我吧！我已經『代人受過』了這麼長時間，現在人家千玨萬里追尋的人兒來了，又是她不折不扣的救命恩人，妳讓我留下來當電燈泡啊？」說著和賈思甯一塊出了屋子。房間裏就剩下千玨和敬弘法師兩個人。至於此後千玨對敬弘法師說了什麼，敬弘法師對千玨說了什麼，那周克他們就不知道了。

5

半年後，周克家裏。

生活似乎又恢復到原來的軌跡，周克仍在廚房叮叮咣咣忙活著。賈思甯像以前一樣，四肢伸展，像隻懶貓一樣爬在客廳的沙發上看動漫書。和紘在她那間小屋裏，鑽在床下邊整理她的動漫收藏。電話響了，賈思甯喊：「和紘，接電話！肯定又是妳的。」

和紘在小屋喊：「你接，我顧不上。」

賈思甯本來還想叫周克接電話。又想周克正在廚房給一家人做好吃的，再叫他出來接電話就太不像話了，只好自己爬起來抓起話筒。一聽，是妹妹思靜從那邊家裏打來的。

電視。

「姐姐，打開電視，中央三台。」賈思靜在那邊說。賈鶴鳴、鄭雅愛也在旁邊，一家人正在看

賈思甯說：「什麼呀？中央三台有什麼呀？」

賈思靜說：「囉嗦什麼──你打開就知道了。」思靜說完掛了電話。

賈思甯就打開電視，一看正在放廣告，就又把電話打了過去。說中央三台沒什麼呀？賈思靜就說：「姐，妳肯定又糊裏八塗按到北京三台去了吧？」賈思甯這才一看臺標，果然按到北京三臺上去了，但還要強詞奪理，說：「是妳糊裏八塗還是我糊裏八塗──妳剛才不是說北京三台嗎？」說完趕緊把電話掛了。隨後按到中央三台。

中央三台正在現場轉播中國殘疾人藝術團的專場演出。

上一個節目剛剛結束，觀眾一片掌聲。主持人開始報下一個節目。

「下一個節目，二胡獨奏：『江河水』。演奏者：周孟童。」

幕啟，童童出現在舞臺中央。

賈思甯大聲喊：「周克！和絃，快來看！童童！」

周克、和絃趕緊跑到客廳，螢幕上，童童坐在演出的椅子上。他穿著一身中式兒童裝，還像他

在街頭演奏時一樣，微微斜仰著頭，睜著瞽目望著上方。但是他腿上那個自製的伴奏裝置去掉了。他再也用不著那個裝置了，因為有一個專門的樂隊為他伴奏。童童試了下音，就要演奏了。但是他突然扭頭對正要離開的女主持人說：「姐姐，我想說幾句話可以嗎？」

女主持人止步，回到童童身邊，說：「可以。」然後把麥克風對著童童。童童又把臉向斜上方仰了一下，說：

「這是我第一次在舞臺上演出。所以我有些緊張，很緊張。我都出汗了。」童童說著，真的擦了下汗。主持人笑了，下邊的現場觀眾也笑了。童童接著說，「半年前，我還是一個流浪在街頭的小瞎子。是一個台灣姐姐和一個大陸哥哥，是侯老師，幫助我進了殘疾人藝術團。我看不見他們，但是我能感到他們關愛我的那顆心！那個台灣姐姐曾帶我到北京最高的樓上去看星星，那是我這一輩子看見過的最亮的東西。我覺得大陸哥哥和台灣姐姐，還有侯老師，還有千千萬萬個關心我們殘疾人的好人，他們的心就像天上的星星一樣明亮！所以我要把我演奏的第一支曲子獻給他們，獻給所有愛我們的好人……」

童童說完，開始演奏，隨著「江河水」的樂曲聲，現場一片唏噓之聲。很多人落淚了。周克全家和賈鶴鳴全家，也都紛紛落淚。童童演奏完畢，現場掌聲雷動。周克全家也一齊鼓掌。

同一時間，台灣高雄孟千玨家裏，一家人通過衛星，也在收看這場演出。整場演出結束後，孟千玨撥通了周克家的電話。

周克拿起電話，聽見是千玨的聲音，他馬上按下電話的擴音鍵，於是，全家人一起，聽到了千玨電話裏放大了的聲音：

「我想你，想周凱哥哥，想思甯嫂子和和紘妹妹，想所有的大陸親人……」

國家圖書館出版品預行編目資料

佛緣 / 劉增新著.
－－第一版－－臺北市：宇河文化出版；
紅螞蟻圖書發行，2011.10
面　公分－－(風潮；9)
ISBN 978-957-659-868-5（平裝）

857.7　　100018502

風潮 9

佛緣

作　　者／劉增新
美術構成／Chris' office
校　　對／楊安妮、朱慧蒨、劉增新
發 行 人／賴秀珍
榮譽總監／張錦基
總 編 輯／何南輝
出　　版／宇河文化出版有限公司
發　　行／紅螞蟻圖書有限公司
地　　址／台北市內湖區舊宗路二段121巷28號4F
網　　站／www.e-redant.com
郵撥帳號／1604621-1　紅螞蟻圖書有限公司
電　　話／(02)2795-3656（代表號）
傳　　真／(02)2795-4100
登 記 證／局版北市業字第1446號
法律顧問／許晏賓律師
印 刷 廠／卡樂彩色製版印刷有限公司
出版日期／2011年 10月　第一版第一刷

定價 280 元　港幣 93 元

ISBN 978-957-659-868-5　　Printed in Taiwan